PETER HANDKE: LA NARRACIÓN COMO EPOPEYA DE LA PAZ

PETER HANDKE: LA NARRACIÓN COMO EPOPEYA DE LA PAZ

Eustaquio Barjau

PRE-TEXTOS

Primera edición: agosto de 2025

Diseño cubierta: Pre-Textos (S. G. E.)

Luis Santángel, 10
46005 Valencia
www.pre-textos.com

IMPRESO EN ESPAÑA / PRINTED IN SPAIN
ISBN: 978-84-10309-65-4
DEPÓSITO LEGAL: V-2446-2025

Impreso en Lunabooks

ÍNDICE

para María

Si narrando hablas de un héroe inocente, tu libro estará salvado.

¿Por qué narrar sobre la lluvia? –Tiene que quedar algo de este chapoteo del agua sobre el asfalto.

No hay nada que transmita el mundo tanto como una narración amorosa.

¡Opiniones, opiniones, sólo opiniones! A la porra con vuestras opiniones, así aprenderéis a narrar.

Ir a narrar, está bien. Yo siempre voy a narrar.

Ya no sabía nada y se arrancó a narrar.

INTRODUCCIÓN

Aunque es algo que queda implícito en el título, no me parece ocioso señalarlo de un modo expreso: el libro que el lector tiene en sus manos, y cuya lectura me permito encarecerle, no habla de la narración de Peter Handke, de cómo este escritor narra, sino de lo que él piensa en torno a la narración, un motivo absolutamente central en la estética literaria de este autor, en manera alguna uno de los varios posibles temas de estudio en torno a este escritor.

El que ha escrito las páginas que siguen ha intentado introducir al lector en la orientación que ha guiado el *opus* de Handke desde hace casi sesenta años: la obra entera del escritor austriaco viene a ser una proclama en favor de la narración, de un tipo de narración, que él define como "la epopeya de la paz" –en evidente rechazo de la epopeya "normal", que suele ser la de la guerra–, una expresión que aparece de un modo frecuente en sus libros y que va a ser objeto de reflexión en el presente ensayo.

Otros motivos en los que me he detenido, como son la forma, la imagen, la contemplación de esta, la identificación con lo contemplado, los extravíos de la lengua, el rescate de las palabras, así como otros aparentemente más alejados del tema de la narración, como el cansancio, el error, los "espacios intermedios", "el día logrado", van a ser también objeto de estudio.

Si se cumplen los propósitos del autor de este libro, el lector no los verá como temas marginales sino como motivos estrechamente vinculados con el de la narración. La narración abierta, me permito añadir anticipando algo de lo que me ocuparé *in extenso* en las páginas que siguen; la narración sin "cierre". Hay que olvidarse pues de la boda de los amantes, el encuentro del tesoro, la victoria, o la derrota, de uno de los contendientes, la detención del culpable y de otros "cierres" conocidos: la paz sobre la que debe hablar el relato narrativo –"la epopeya"– no sólo se opone a la guerra sino a "conceptos" de los que acabo de ofrecer una breve lista. "Conceptos", uno de los motivos recurrentes en la obra de Handke y que va a ocupar nuestra atención en no pocas páginas del presente libro.

Algo sobre la organización y estructura de este ensayo:

Hay que decir ante todo que la presencia del autor sobre el que versa esta meditación no aparece hasta bien entrado un cierto número de páginas. Y ello porque para el estudio cabal de la concepción handkeana del discurso narrativo me ha parecido indispensable detenerme en la consideración de este subgénero épico, contraponiéndolo a otro, la descripción, insistiendo en esta diferencia; me ha parecido también importante distinguir entre la narración cerrada y la narración abierta.

Narración, descripción; narración cerrada, narración abierta; maneras de cerrar la primera; maneras de dejar abierta la segunda: todo ello pende de las intenciones del narrador, del efecto que este quiere producir en el lector y, sobre todo, y ello es crucial en el presente ensayo para entender la estética literaria de Handke, del tipo de realidad que el escritor ha querido pasar a la letra para ofrecérsela a sus lectores. Estas consideraciones son lo que va a ocupar la primera parte del libro.

En la segunda intento adentrarme en el pensamiento de Handke, en su estética literaria, en su concepción de este tipo de épica que él ha llegado a proclamar casi como salvífico. En ayuda de mis reflexiones sobre ello es cuando comparecen en este libro los motivos que he citado antes.

Para ello leo y releo las obras más importantes de este autor; muchas de ellas, pero de un modo especial *Lento regreso*, *La doctrina del Sainte-Victoire* y *La repetición*. No he olvidado tampoco tener sobre la mesa los libros de notas de Handke: *Historia del lápiz, El peso del mundo, Fantasías de la repetición, Ayer, de camino* y *De noche, ante la pared en la que se refleja la sombra del árbol.*

Con las citas, no escasas, de textos de Handke, he querido llevar al lector al contacto directo con la obra de este escritor, con la conciencia de que lo que yo digo sobre estos textos es sólo una parte de lo que se puede decir sobre ellos; invito por tanto al lector a dejarse recrear y fecundar con otras asociaciones que en él puedan suscitar los pasajes transcritos.

La tercera parte tiene un carácter notablemente distinto de las otras dos. En el primer capítulo de esta sección me centro en un libro de Handke, *Una vez más para Tucídides*; y ello por un hecho que para mí ha sido una grata sorpresa: me ha parecido que en los diecisiete breves relatos de este libro del año 2007 se encuentra la confirmación de lo que podría ser la tesis de mi ensayo: el papel central que en la obra y el pensamiento de este autor tiene la narración, y no como procedimiento literario sino como visión del mundo y de la vida, y como manera de pasar estos a la letra y ofrecérselos al lector.

El siguiente capítulo tiene también algo de gozosa constatación de lo que he desarrollado en mi libro. En este capítulo ofrezco al lector una primicia: reflexiones sobre un cuadernillo de diario de este autor –ocho días del mes de abril de 1985, concretamente– que tengo la fortuna de poseer y del que, al final de mi ensayo, ofrezco, en *facsímil* y versión castellana, 16 fragmentos. Lo que me ha llevado a introducir este regalo en mi libro ha sido no sólo la intención de ofrecérselo parcialmente al lector, sino también el hecho de que no sólo el tema de la narración sino también un notable número de "narraciones" –microrrelatos, en realidad– ejemplifican lo que Hanke piensa sobre este recurso literario.

Por último, algo sobre la coda y los apéndices de este libro. En la primera, que quiere ser también una recopilación de lo dicho en las páginas que la preceden, me dejo guiar e inspirar por una frase feliz de una niña de nueve años, alumna hace ya mucho tiempo de la dedicataria de este libro. Los apéndices vienen a ser algo así como notas a pie de página que se han hipertrofiado y que, para no interrumpir el hilo que enlaza las consideraciones del ensayo, he decidido reunir al final.

Es muy posible que, tanto en la coda como en los apéndices, reaparezcan ideas, textos o frases que el lector ha encontrado ya en las páginas que preceden a este final. Mucho me gustaría que, de ser así, lo que en modo alguno lamento, el lector tomara estas repeticiones no como algo molesto, porque ya se ha dicho, sino como, tal como ocurre en algunas obras musicales, reaparición gozosa de motivos ya conocidos.

En suma, "la epopeya de la paz". "La paz eterna es posible", proclama Peter Handke por boca de su personaje Sorger, el protagonista de *Lento regreso*. La paz como una posibilidad aún no escogida pero real. Tendremos ocasión de ver algo de esto cuando leamos el final de la segunda parte de la novela que acabo de mencionar. La paz que es posible llevar a la letra por medio de la narración. Una paz cuya vigencia se puede encontrar en los "espacios intermedios", en los espacios aún no contaminados, en la holganza, en la ausencia de planes, en "el día logrado", en el "dejar de" y en el "dejar que", en los estados de cansancio. La paz que nos puede llevar al (verdadero) encuentro con el otro –"El Divino Otro", en expresión del mismo Handke–.

La cosa viene de lejos. Su arranque cabría situarlo en la literatura austriaca de los años 50 y 60 del pasado siglo, en el Grupo de Viena y el Grupo de Graz, donde Peter Handke hizo sus primeras armas como escritor. Una literatura que nació del pasmo ante lo que había ocurrido en Europa pocos años antes, el apocalipsis de pavorosas atrocidades que se había hecho posible –¡y aceptable!–; un ¿mundo? de percepciones, prestigios, escalas de valores, exclusiones y marginalidades acogidas en un lenguaje que lo ordenaba –en el doble sentido de esta palabra– todo. De ello nos hablan, entre otros documentos, los dos diccionarios de Rosa Sala sobre el vocabulario del nazismo.

En aquella situación, la literatura, que se hace con el lenguaje, ya no era posible. Se imponía el silencio: toda rebelión contra este pasado por medio de la lengua –se hacía difícil pensar que hubiera otra– incurría en la complicidad con este pasado, había dicho Handke. La misma "literatura comprometida" era ya necesariamente una literatura contagiada por el crimen. El silencio, por tanto… o un modo completamente distinto –distinto, que no opuesto– de hablar.

Desde esta perspectiva se explican formulaciones del Handke de aquellos años, que figuran en sus primeros escritos y se han hecho ya emblemáticas, como: "la literatura es romántica" o "soy un habitante de la torre de marfil".

Este modo distinto de escribir es lo que llevó a los escritores del Grupo de Viena a un experimentalismo casi desaforado. Un buen ejemplo de ello podría ser la "novela" de Oswald Wiener *La corrección de la Europa central*, un intento de desescribir un libro, algo cercano a llenar centenares de páginas sin decir nada o diciendo de otra manera.

En este clima nace la obra de Peter Handke, una producción escrita de varias décadas, de una enorme riqueza y variedad, pero a la vez de una inquebrantable fidelidad a sus orígenes y a su propósito inicial: una obra que evoluciona pero que no cambia; en este sentido no es posible encontrar en ella virajes ni puntos de inflexión. Es lo que, desde la narración como "epopeya de la paz", he querido explicar en las páginas que siguen.

I

1. REALIDAD Y LITERATURA: LA REALIDAD EN LA LETRA

Las cosas, las vidas, los acontecimientos, reales o imaginados, pasan a "la letra". Es algo que no ocurre con los animales; que no ocurría en el período de tiempo, larguísimo, anterior a "la letra", la denominada prehistoria. De "la letra", en la lectura, vuelven al hombre, que es quien ha llevado la realidad a "la letra".[1]

La realidad, todo tipo de realidad, lo que hay, lo que hubo, lo que "pasa"; la realidad real, la realidad en ficción, lo verosímil o lo inverosímil: todo llega, puede llegar, a "la letra" (a la literatura).

Para poner un poco de orden, sólo un poco, a tanta pluralidad: los llamados "géneros literarios", la épica, el drama, la lírica. Para orientarnos, también un poco, en ese intento de

---

[1] De una entrevista de Borges: "Somos lo que leemos", "el mundo por desgracia existe".

He aquí unos versos de Miguel de Unamuno: "Leer, leer, leer, vivir la vida / que los otros soñaron. / Leer, leer, leer, el alma olvida / las cosas que pasaron. / Se quedan las que quedan, las ficciones, / las flores de la pluma, / las cosas, las humanas creaciones, / el poso de la espuma. / Leer, leer, leer, ¿seré criatura / mañana también yo? / ¿Seré mi creador, mi criatura, / seré lo que pasó?".

puesta en orden, tres criterios: el contenido de lo que ha pasado a "la letra"; la existencia o no existencia de un mediador entre la realidad, pasada a "la letra", y el que la recibe, en "letra", y por último la posibilidad o imposibilidad de pasar de un género a otro, es decir, de pasar una misma realidad a los distintos modos, los "géneros", como "la letra" puede acoger aquella realidad.

Empecemos por el criterio del mediador. Aunque no se lo formule, y aunque apenas sea consciente de ello, el que lee sabe que entre la realidad escrita y él hay un mediador, alguien que ha escrito lo que aquel está leyendo, con el fin de que lo lea o lo escuche leer. Pues bien, cuando esto ocurre estamos en el género épico; cuando esto no ocurre estamos en el género dramático: aunque alguien ha escrito aquello que se está representando sobre las tablas, el destinatario de aquella "representación" –y el término es ya suficientemente explícito– lo toma –o, mejor dicho, hace como que lo toma– como si ocurriera en la realidad.[2]

Pasemos ahora al criterio diferenciador que nos proporciona el contenido de lo que pasa a "la letra". Por lo que hace al género épico, hay que decir que todo puede pasar a "la letra". Es lo que he dicho al comienzo de este capítulo. En relación con el género dramático, el contenido es, canónicamente,[3] un

---

[2] Omito la cuestión de la lírica, que tiene menos que ver con las consideraciones de este ensayo.

[3] Con este adverbio quiero excusarme de la simplificación que entraña tal aserto: existe también teatro sin este esquema; teatro épico, por ejemplo.

conflicto interhumano; un motivo que se muestra en estos tres momentos: presentación-nudo-resolución.

Y, por último, el criterio de la, posible o imposible, transversalidad; el paso del mismo contenido de un género a otro. El contenido de una obra teatral se puede narrar: sería pasar del género dramático al género épico. En cierto sentido también –y ahora estoy pensando en el cine, que va a estar presente en este libro–, un contenido épico se puede teatralizar: sería el paso del género épico al dramático.

Quedémonos en el género épico, porque nos estamos encaminando hacia la narración –y a Peter Handke, no lo olvidemos–. La narración, uno de los modos como la realidad entra en "la letra". Sólo uno, porque la realidad puede entrar en "la letra" de otra forma: la descripción. ¿Qué diferencia hay entre narración y descripción? ¿Qué se describe? ¿Qué se narra?

Se describe la fachada de una catedral, la estructura de la hoja de un árbol, lo representado en un cuadro, el perfil de una cadena montañosa... Se narra la Revolución Francesa, una anécdota curiosa que ha ocurrido en una fiesta, un accidente de tráfico, la vida de un personaje famoso... De los ejemplos anteriores podemos, para empezar, deducir lo siguiente: se describe lo espacial, lo estático; se narra lo temporal, lo dinámico. Una deducción sólo provisional, porque se describe, no se narra, una puesta de sol, una tempestad en el mar, la erupción de un volcán, es decir, realidades temporales.

Debemos seguir pues con más precisiones: se narra la pelea entre dos contendientes; pero, dentro de esta narración, se describe cómo a uno de ellos se le hinchaban las venas del cuello.

De los ejemplos y las consideraciones anteriores debemos sacar las conclusiones siguientes: realidad estática: descripción / realidad dinámica: narración. Con la siguiente distinción, dentro de esta última realidad: "hechos", lo que sucede en el tiempo sin la intervención voluntaria del ser humano: descripción; "acontecimientos", entendiendo ahora por estos lo que sucede en el tiempo por la intervención del hombre: narración.

2. LAS DOS FORMAS DE NARRAR

Por su estructura, su contenido y la intención del narrador: la narración "cerrada" y la narración "abierta". La primera, con "cierre". Usamos este término porque tal "cierre" hace que el relato concluya; un verbo que proviene del latín *claudere*, que significa "cerrar". La segunda, sin aquel, por tanto: abierta. Dos cuestiones sobre las que debemos detenernos.

De todos modos, siguiendo esta comparación, hay que decir que existen dos maneras de cerrar un relato, como las hay también de cerrar un espacio: con llave y sin llave.[4] Y aún más: que en los espacios cerrados simplemente por una puerta, sin llave, puede haber un rótulo que indique el modo de pasar al espacio siguiente: "pase sin llamar". Estos símiles nos van a ayudar en las consideraciones que siguen.

Hay que distinguir también entre la narración de lo real y la narración de lo ficticio.

De momento, vamos a centrar nuestra atención en la narración cerrada de lo ficticio. He aquí algunos ejemplos de cierre: la boda de los amantes, el encuentro del culpable, la

---

[4] Para esta distinción la lengua alemana dispone de estos verbos: *schließen*: "cerrar" y *zuschließen*: "cerrar con llave".

victoria de uno de los contendientes, el encuentro del tesoro, etc.

Algunas veces, en la narración de lo ficticio, el relato se cierra con rótulos como estos: "colorín, colorado, el cuento se ha acabado"; "y fueron felices y comieron perdices". En alemán hay una frase divertida para concluir la narración de una historia inventada: "y si no han muerto, es que aún siguen vivos". Fórmulas de cierre que explicitan la importancia de la conclusión del relato. Por no hablar de la palabra FIN, casi obligatoria en ciertas épocas para el final de una novela o una película. Vienen a ser un cierre con llave: no se puede pasar al siguiente espacio. Sustituyen la frase "no cuento más".

Pero, sin duda, la pregunta "¿y qué más pasó?" es siempre posible. Sin embargo, por razones sobre las que más adelante me detendré, esta pregunta, que los niños no formulan nunca, parece estar excluida, o por lo menos no parece aconsejable; algo a lo que las fórmulas citadas hace un momento parecen aludir de un modo oblicuo. Fórmulas además que, de una manera graciosa, parecen indicar: "sucedieron más cosas, pero mejor que te quedes con este final… no sea que tengamos que decir: 'pues miren ustedes, no fueron tan felices ni comieron tantas perdices: a los tres meses ella ya le ponía los cuernos a él, o él a ella'"; o bien: "en un descuido el detenido se escapó y aún no han dado con él"; o: "pero luego se demostró que no era culpable, se le condenó injustamente"; todo lo cual daría al traste con lo pretendido con la narración.

De todos modos, algunas narraciones cerradas, o por lo menos no abiertas, y a las que no se les podría añadir los rótulos citados, podrían terminar con fórmulas como estas: "y así siguiendo", "y así sucesivamente", "etc., etc.", lo que vendría a corresponder al "pase sin llamar". Aquí, después del relato, pero por razones ahora distintas, no parece tampoco oportuna la pregunta: "¿y qué más pasó?". La respuesta, que podría tener algo de reproche, sería algo así como: "pues ya se pueden ustedes imaginar: Louise siguió buscando 'ligues' entre sus amigos y conocidos…"[5].

Intentando precisar: ¿qué es realmente el cierre? Siguiendo con la comparación espacial que nos está ayudando en estas consideraciones, podríamos decir: la puerta está cerrada con llave porque detrás se encuentra el despacho del director, o la sala de juntas, o las habitaciones en las que se guardan los documentos confidenciales de la empresa. Lo cual hace pensar en un espacio compartimentado por "conceptos" como "dirección", "archivo", "confidencialidad", etc.

La vida humana, tanto en la realidad como en la ficción, está también compartimentada. Los enamorados acostumbran a casarse: "estado de enamorado", "estado de casado". Si, después de casados, los que habían estado enamorados se separan, lo que ocurrirá por algún motivo –"infidelidad", "incompatibilidad de caracteres", etc.; "conceptos" que se encuentran en los libros que los jueces han estudiado–, pasan a otro estado: "divorcio", "separación amistosa", "nulidad matrimonial"… Cabría añadir más ejemplos.

---

[5] Éric Rohmer: *Les nuits de la pleine lune.*

Hay algo más sobre el cierre, tanto de la narración de lo ficticio como de la narración de lo real: el cierre del apólogo, del mito y del relato histórico. De ello me ocuparé en el capítulo siguiente.

3. LA NARRACIÓN: CIERRE, CONTENIDO, EFECTO

Las tres cosas se encuentran en estrecha relación unas con otras. El contenido de lo narrado determina el cierre y ambos condicionan el efecto que la narración va a producir en el lector. Todo ello pende del plan y de los propósitos del narrador.

Hemos hablado de la narración de lo ficticio, pero hay otros tipos de narración. Esbozando una taxonomía –incompleta, no olvidemos que nos encaminamos a la narración propugnada por Peter Handke– de las narraciones posibles: se narra lo ocurrido en la realidad o en lo inventado, lo ficticio. Dentro de la narración de lo ocurrido se encuentra la historia, la *history,* no la *story;* es decir, la narración de un pasado amplio, con sus cierres y sus elipsis. Cuando el pasado es de dimensiones menores estamos en la crónica o el reportaje.

Dentro de la narración de lo ficticio tenemos el cuento, el apólogo y el mito. Volvamos a la narración de lo ficticio, al cuento primero. Es un relato destinado a lo que podríamos llamar "lectura diversiva". Lo que en este tipo de narración no se narra, las elipsis del relato –que serían rodeos que no interesan para el curso de la narración, algo ocioso dentro de los planes del narrador y del efecto que este persigue con su relato– penden de la organización de lo que se cuenta. Se busca fundamentalmente la unidad de lo narrado –esta es la función del cierre– y lo relevante de lo ocurrido (en la ficción) para lograr el efecto perseguido por el narrador.

Muy otra es la finalidad del cierre en la fábula, en el apólogo, narraciones de algo ficticio también. En este subgénero narrativo no tiene sentido preguntar qué más ocurrió porque ya se ha contado todo lo que había que contar, porque de lo narrado ya se puede deducir la enseñanza perseguida por el narrador: el cuervo, halagado por el zorro, abrió la boca para cantar y se le cayó el trozo de queso que estaba comiendo –¡cuidado pues con los halagos!–. A la lechera, ensimismada en sus cálculos, se le cayó el jarro de leche –¡atención a los posibles efectos de previsiones fantasiosas!–.

El efecto didáctico del relato se consigue mejor con una narración, probablemente por el placer que esta produce en el lector u oyente, porque se memoriza mejor, porque la alusión al relato, en los casos oportunos, es menos pedante que una instrucción abstracta como: "la codicia rompe el saco", "estando en comunidad no muestres tu habilidad", etc. Las fórmulas acuñadas que siguen al relato diversivo, al cuento, no tienen lugar aquí; todo lo más, en el apólogo, después del relato figura una fórmula breve de carácter nómico, la moraleja.

El mito comparte con el apólogo algunas características, pero se distingue claramente de este tipo de relato. Es también una narración de carácter didáctico: por medio de un relato se dice algo distinto de lo relatado. El mito es algo así como una historia explicativa o, si se quiere, una explicación histórica: el relato de lo que no ocurrió nunca y que a la vez está ocurriendo continuamente (Edipo). La enseñanza que de él se desprende no concierne, como en el apólogo, a la futura actuación del destinatario del relato –"es bueno saberlo para que no me ocurra lo que le ocurrió a…"–, sino que ilumina en este un invariante crucial de la vida humana: la relación padre-hijo aquí, la conversión del infante en adulto viable.

En el relato diversivo uno de los efectos perseguidos por el narrador puede expresarse así: "¡quién hubiera podido vivir una historia como esta!", "¡a ver si algún día me ocurre a mí lo mismo!". En el apólogo es una enseñanza para la vida. En el mito, el conocimiento de una estructura profunda del vivir humano.

El relato de lo ocurrido en la realidad puede decantar una especie de posesión, menor, de lo relatado: ya que no lo he podido vivir, por lo menos lo vivo oyendo la narración: "¡cuéntame, cuéntame!"; "a la vuelta te lo contamos" –un viaje que hemos hecho y que tú no has podido hacer–; "¡esto no me lo habías contado!" –un reproche: "te lo habías quedado para ti"–; "¡es la primera persona a quien se lo cuento!" –"ahora lo tenemos tú y yo, nadie más"–. O bien, *ex negativo:* "¡no me lo cuentes, no me lo cuentes!". De esto me ocupo con cierta extensión en el apéndice I de este libro.

Pasemos ahora a ocuparnos de la historia, la *history*, no la *story*. Estas serían las características fundamentales de este tipo de relato:

Ante todo, como hemos dicho, contrariamente a lo que ocurre con la crónica o el reportaje, hay que decir que la *history* versa sobre un lapso de tiempo mucho más amplio que el narrado por la *story*. Las unidades temporales de la historia serían el siglo, o incluso el milenio, o fragmentos amplios de estas unidades temporales.

Por lo que hace al contenido de este tipo de narración, hay que señalar que este no se refiere a una sola persona, como sería el caso de la biografía o de las memorias, sino a una amplia comunidad y a lo que le ha ocurrido a esta y que el historiador considera "relevante". En relación con el destinatario, hay que decir que es un relato dirigido fundamentalmente a esta comunidad, que habla de los conflictos entre colectividades de este conjunto humano y de la gestión de tales conflictos por parte de persona destacadas de esta comunidad. Por lo demás, hay que señalar que el relato histórico es un relato cuyo conocimiento es casi exigible a las personas que se consideren mínimamente cultas. En este relato están siempre presentes personas "importantes", con nombres y apellidos, que "pasan a la historia".

Por lo que hace a las unidades temporales de lo narrado, y en relación con las cuales cabe hablar de cierres, hay que decir que en general se trata de unidades determinadas por un cambio de orientación de los avatares de aquellos conjuntos humanos: guerras, victorias, derrotas, armisticios. Sucesos importantes que determinan modificaciones cruciales en la conciencia de los seres humanos que forman aquellas colectividades; nuevos modos de vida, distintas visiones de la realidad, etc. Sobre el tipo de posesión que regala este tipo de relato me ocuparé en el apéndice citado.

Narraciones y narraciones, con sus intenciones y sus propósitos, con sus cierres y sus cierres –sus puertas, cerradas con llave, cerradas sin llave, con el rótulo "pasen sin llamar", sin este rótulo, a veces simples aberturas rectangulares en uno de los tabiques...–. La ausencia total de cierre se explicita con un "Y" –mañana seguiré... y terminaré también con este "Y"–. Esta palabra exige que no haya ningún plan narrativo, ningún "concepto" que unifique lo narrado. Está destinada a causar en el destinatario del relato un efecto sobre el que me detendré más adelante. Lo más cercano al "Y" es el "etc., etc."; algo que encontramos al final de uno de los relatos de *Una vez más para Tucídides,* un libro del que me ocuparé en el capítulo siete.

No obstante, como acabamos de ver, no es lo mismo el "etc., etc." que el "y". Este tiene algo de arbitrario: "mañana seguiré". El "etc." insinúa que lo que va a seguir es parecido a lo que se acaba de contar.

Sin embargo, aparte de las narraciones cerradas por un "concepto", hay también otros cierres. No es lo mismo terminar de contar porque ha llegado la noche y nos vamos a dormir que terminar porque se ha producido un fenómeno natural como "el temblor de una hoja de palmera, en forma de abanico"; algo que para Handke constituye un "umbral del tiempo", un término muy usado por este autor; o porque es posible que la niña se esté aburriendo y sería conveniente hacer algo con ella o llevarla a alguna parte, y por tanto estamos autorizados a concluir la narración. Volveremos sobre esto cuando entremos más a fondo en la obra de Peter Handke.

II

4. PETER HANDKE: EL CAMINO HACIA LA NARRACIÓN

Hacia lo que para este autor es la verdadera narración, lo que para él es la forma inocente de narrar. He aquí lo que podrían ser los primeros pasos hacia el relato ideal: voy a empezar este capítulo con un texto del año 1973. Más adelante me detendré con cierta extensión en uno del año 2007.

En el año 1973, es decir, cuando tenía cuarenta años, Handke recibió el Premio Büchner, un galardón literario que concede anualmente la Deutsche Akademie für Sprache und Dichtung (Academia Alemana de la Lengua y la Literatura). El discurso de acción de gracias que pronunció el año siguiente y que lleva por título "Protección bajo la cubierta del cráneo" –una expresión que revela ya toda una "filosofía de la vida" y en la que me detendré más adelante– contiene expresiones que van a ser de una importancia crucial para entender a este escritor y que van a dirigir además muchas de las reflexiones del presente ensayo.

En el *Anuario* de esta institución alemana, que publicó este parlamento, leemos: "Estoy convencido de la fuerza que el pensamiento poético tiene para disolver los conceptos y, por ende, para hacerse con el futuro".

Hacia el final del discurso se vuelve a hablar del "pensamiento poético", un tipo de pensamiento, dice Handke, capaz de infundir la esperanza de un tiempo distinto, y mejor, de un tiempo "en el que el mundo nazca de nuevo todos los días". En el mismo párrafo el premiado añade que, al responder a la pregunta sobre cómo ha llegado a ser un escritor, "en vez de referirse a la lógica occidental" se limita a decir: "esto es una larga historia". Unas líneas, estas últimas y las de la cita anterior, que contienen elementos centrales del ideario de nuestro autor: los conceptos (y su "disolución"), el futuro (y el adueñamiento de este por parte del "pensamiento poético") y la narración.

Empecemos hablando del futuro, de este futuro del que, según este escritor, se adueñará "el pensamiento poético". Con la idea de "adueñarse" entiendo yo aquí que lo que va a ocurrir está propiciado por este pensamiento; que no va a ocurrir… lo que tenía que ocurrir… –"si lo decía yo…", "es lo que tenía que pasar…", "si se veía venir…", "si no podía ocurrir otra cosa…"–.

En *La mujer zurda*, una novela del año 1976, es decir, tres años después del discurso de Darmstadt, Marianne, la protagonista del relato, después de recoger en el aeropuerto a Bruno, su marido, que llega de un viaje de negocios, y después de "celebrar" el "reencuentro" en un hotel donde pasan la noche, se separa de él porque, dice, "ha tenido una iluminación". No por alguno de los "conceptos" que he enumerado antes.

Una vez sola, con su hijo de pocos años, Marianne vuelve a trabajar para un editor como traductora, una ocupación que ya había ejercido antes, de soltera. En una ocasión, en una conversación telefónica con este, ella le comunica que va a interrumpir su trabajo para ponerse guapa. Él completa la información con el "futuro obvio": "¿Entonces nos vemos?". Ella lo desmiente: "no, para seguir trabajando".[6] Conociendo su nuevo estado, Franziska, también una mujer sola, amiga de Marianne, la invita a asistir a unas reuniones semanales de mujeres solas que conversan y debaten sobre su situación, una invitación que Marianne rechaza.

A lo largo de la novela, Marianne y Bruno, su marido, se ven de vez en cuando. En una ocasión en la que él despotrica de ella, Marianne, después de haberlo escuchado impertérrita, dice: "Todo esto lo has preparado antes, ¿verdad?".

La novela fue pasada al cine, con guion muy cercano al relato y dirección del mismo Handke. En este filme vemos a Edith Clever, serena, inalcanzable, dueña de sí misma, moviéndose por las habitaciones de la casa, en la que ha cambiado los muebles de sitio, andando en una ocasión sobre zancos, resplandeciente de soledad e independencia. En un plano la vemos mirándose al espejo y diciendo: "Pensad lo que queráis. Cuanto más creáis poder decir sobre mí, tanto más libre de vosotros voy a estar".[7]

El relato termina con una "reunión" de diversas personas en casa de Marianne. Además de la mujer zurda y de su hijo, asisten el padre de la protagonista, el editor, el chófer de este, un actor que ella ha encontrado en un puesto de fotomatón y

---

[6] *La mujer zurda* (Alianza Ed., Madrid, 2026. trad. de E. Barjau), p. 59.

[7] *Op. cit.*, p. 33.

la vendedora de una tienda en la que Marianne ha comprado un jersey para Bruno. Pues bien, tal reunión es lo más opuesto a un cóctel o a una reunión convencional: no hay presentaciones, no hay brindis, no se dan las consabidas conversaciones y fórmulas habituales.

En el comentario que Peter Pütz hace de esta novela en su libro sobre Peter Handke,[8] en relación con la conclusión de este relato, leemos:

> Al final de la narración no tenemos ninguna visión del mundo sentimental de la mujer, sino que la volvemos a ver desde fuera. Como en un "finale", todos los personajes importantes que han jugado un papel en la vida de ella, es decir, que hasta ahora han representado un papel, se han reunido; sin embargo, ella sigue "intocada" por ninguno de ellos. Tal como la hemos visto al principio del libro, la vemos sentada, pero ahora está sentada en otro lugar y de otro modo: no en la habitación sino en la terraza; no en un asiento estable, sino en una mecedora que se balancea. [...] Otro contraste: al comienzo de la narración está sentada junto a la máquina de coser, luego trabaja en su traducción y al final empieza a dibujarse a sí misma. Estos cambios de actividad son escalones hacia el encuentro con ella misma –como subiendo al templo de Apolo en Delfos cuya inscripción se dice que rezaba: *Gnozi seautón* (Conócete a ti mismo)–.[9]

---

[8] Peter Pütz: *Peter Handke* (Suhrkamp, Frankfurt, 1982), pp. 99-100.

[9] *Op. cit.*, p. 100.

En relación con el discurso que Handke pronunció en Darmstadt el año 1973, hablábamos del futuro irremisible, irremediable, en el que ocurre "todo lo que tenía que ocurrir" y del futuro nuevo, liberado de "los conceptos", un futuro que "el pensamiento poético" promete abrir. Pues bien, en la novela *El momento de la sensación verdadera* (1975), el protagonista, Gregor Keuschnig –tocayo de Gregor Samsa–, antes de emprender su personal metamorfosis y entrar en "el nuevo sistema", se rebela contra la agobiante inevitabilidad de todo lo que sucedía en "el antiguo".[10]

Como hemos dicho, el propósito que preside la literatura austriaca de los años 50 y 60, fundamentalmente la obra del Grupo de Viena y el Grupo de Graz, es este: olvidar la lengua del pasado y con ella las fórmulas, los hábitos, los modos de vida que habían cristalizado en ella; en suma, el modo de hablar, de escribir, de pensar y de vivir que llevó a los acontecimientos de los años 30 y 40 del pasado siglo.

Esta nueva orientación literaria viene a presidir la especie de *vía purgativa* en la que podemos situar las obras, casi experimentales, del Handke de la década de los años 60.

Sigamos. Lo que en *El miedo del portero al penalti* (1970) parece ser la patografía de la vida de un esquizofrénico no es más,

---

[10] En la p. 78 de esta obra leemos: "Keuschnig se imaginaba de qué modo ella (la mujer), con un guante floreado en la mano, se dirigía inevitablemente a su cómplice, que irremisiblemente la esperaba ya en EL CUARTO DE ESTAR (o en LA BIBLIOTECA) con la copa de aperitivo en la mano y le indicaba impávida que la comida estaba ya lista [...] y se imaginaba también cómo el hombre iba a buscar el inevitable sacacorchos".

según el autor, que un ejemplo del modo en que el hombre se conduce en la vida, secuestrado como está por las maneras de interpretar la realidad y actuar, unos patrones que no provienen de él sino de alguien –¿quién?– que pretende algo de él.[11] La novela termina con una peregrina escena en la que el autor presenta un ejemplo de lo que para él es el futuro insólito, imprevisto, que es el regalo del "pensamiento poético".

Pues bien, en el año 1974 Handke estrena una obra de teatro en la que intenta mostrar de un modo absolutamente provocativo que lo que estamos dando por natural y obvio no lo es: de nuevo, es la invención de alguien que quiere algo de nosotros. De repente la realidad no "funciona" como esperábamos que funcionara: llueve, Jeanne Moreau, con el paraguas abierto, intenta cruzar una calle, muy concurrida. La operación no es fácil; hay que sortear una multitud; lo consigue. Una vez se encuentra en la otra acera, cierra el paraguas, aunque sigue lloviendo. Alguien va a poner un mantel sobre una mesa; en la pared ve un cuadro en el que se representa el mar; se imagina que está en la orilla; en vez de poner el mantel sobre la mesa, lo agita como haciendo

---

[11] En el final de esta novela asistimos a un ejemplo brillante de una especie de exaltación de un futuro imprevisible, la relación entre el delantero y el portero en el momento en el que aquel va a chutar un penalti: si el delantero parece prepararse para disparar el balón hacia la derecha, el guardameta se dispondrá a pararlo en la izquierda, pensando que se le quiere engañar. Y viceversa. Pero esta estrategia se retuerce del siguiente modo: el delantero chuta la pelota hacia la derecha porque espera que el portero, previendo un engaño, se preparará para detenerla en la izquierda. Y este juego se puede prolongar indefinidamente. Lo que no esta previsto es que el delantero dispare el balón justo a las manos del portero, que es lo que se cuenta en las últimas líneas de este insólito relato.

señales a alguien que está navegando. En un bar alguien quiere leer una revista que está colgada en la barra de la que cuelgan también los periódicos. No es posible: la revista está atada a la barra. Alguien tira del primer cajón de una cómoda, en vez de abrirse este se abre el de abajo. Y así.

El título de la pieza, *La cabalgada sobre el lago de Constanza*[12], nos ayuda a entender esta insólita obra. Remonta a una leyenda medieval en la que se cuenta cómo un jinete, sin darse cuenta, atraviesa de noche el lago de Constanza helado. Por la mañana, al constatar ese hecho, se muere del susto.

Pues bien, para nuestro autor esto es lo que nos pasa a todos. La capa de hielo que recubre el lago es el "sistema" –para seguir con la terminología que hemos empleado para explicar la metamorfosis de Gregor Keuschnig– de hábitos de conducta, modos de vivir, de percibir las cosas y de hablar de ellas; el sistema en que, sin darnos cuenta, como le ocurre al protagonista de la leyenda, se desenvuelve nuestra vida. Es el plexo de costumbres[13] perceptivas, lingüísticas y de conducta que, debido a su aceptación general y su casi obligada –¿impuesta?– obviedad, se ha hecho inconsciente.

En esta obra de teatro Handke se propone romper esta capa de hielo y redimir la realidad –¡y la lengua!– del contexto habitual en el que se encuentra esclerotizada –¿prostituida?– debido al "sistema" al que está sometida.

---

[12] *Der Ritt über den Bodensee* (Suhrkamp, Frankfurt 1971).

[13] En el *Ensayo sobre el día logrado* (Alianza Ed., Madrid, 2019. trad. de E. Barjau), p. 66, leemos: "En el día logrado no habrá ninguna costumbre".

La lengua, también: para hablar de una mujer que por la noche anda arriba y abajo por la acera de una calle tenemos que precisar que no es ninguna prostituta, sino simplemente una mujer que anda arriba y abajo por la acera de una calle; para hablar de alguien que se tapa la cara con las manos tenemos que añadir que no lo hace para que los demás no lo vean llorar, sino que es simplemente un hombre que se tapa la cara con las manos. ¡Como si no fuera posible que una mujer anduviera por la noche arriba y abajo por la acera de una calle y que alguien se tapara simplemente la cara con las manos!

Más: la lengua misma es objeto de este rejuvenecimiento. Un ejemplo: el determinativo "otro". Alguien pide que le traigan otra botella; el destinatario de la petición pregunta: "¿por qué otra?". Respuesta: "porque ya me ha traído una" (en vez de "porque ha venido otro comensal invitado", "porque este vino nos ha gustado mucho", etc.).

Georg-Arthur Goldschmidt, en su libro sobre Peter Handke,[14] comentando esta obra dice: "lo poético, es decir, la libertad, nace en el momento exacto en el que el desenvolvimiento mecánico se ve interrumpido por la sorpresa. Lo poético es la realidad disimulada por lo real". En una referencia al pensamiento de Freud, este germanista relaciona las "sorpresas" de *La cabalgada...* con la verdad de los llamados "actos fallidos": expresan felizmente la verdadera realidad, el verdadero discurso que está debajo de lo que creemos que es lo que se debe decir o hacer.

---

[14] *Peter Handke* (Editions du Seuil, París, 1988), p. 50.

En *Fantasías de la repetición* (1996-2000) leemos:

> No olvides que lo que está cerca, lo verde y las hojas que se mueven, está al otro lado del muro del pecho: el muro de la cháchara dirigida hacia ti y de tu propia cháchara.[15]

Tal vez en este modo de mirar encontremos la salvación.

Una de las notas de *Historia del lápiz* (2003) dice así:

> En lo que estás viendo piensa que tal vez esto ya te ha salvado.[16]

En esta nueva mirada la cosa se presenta tal como es; pierde toda referencia a nada que no sea ella misma: es el cumplimiento del "Augurio" que figura en el volumen *Insultos al público y otros juegos de palabras.*[17] Es el "ideal" expresado por nuestro autor en

---

[15] *Fantasien der Wiederholung* (Suhrkamp, Frankfurt ,1983); *Fantasías de la repetición* (Prames, Zaragoza, 2000), p. 37, trad. de Eustaquio Barjau y Yolanda García Hernández.

[16] *Die Geschichte des Bleistftes* (Suhrkamp, Frankfurt, 1985), p. 188; *Historia del lápiz* (Península, Barcelona, 2003, trad. de J. A. Alemany). A esta purificación de la mirada, en este caso la de Sorger, el protagonista de *Lento regreso* (Alianza Ed., Madrid, 2018, trad. de E. Barjau, pp. 135-136), debemos el pasaje memorable de esta novela en el que aquel está contemplando el rostro y la cabellera de la vecina de la casa que él tiene en "la ciudad de la costa occidental".

[17] *Publikumsbeschipfung und andere Sprechstüke* (Suhrkamp, Frankfurt, 1964), pp. 53-64. En esta obra, cuatro personajes –a), b), c) y d)– pronuncian ante el público exactamente 212 (aparentes) tautologías como las que expresarían en castellano fórmulas como estas: "Los peces en el agua se encontrarán como peces en el agua", "los lirones dormirán como lirones", "las rosquillas se venderán como rosquillas", etc. Veintiséis años después, en el *Ensayo sobre el día logrado* (Alianza Ed., Madrid, 2019, trad. E. Barjau), Handke, prolongando por su cuenta una canción de Van Morrison en la

una de las notas de su *Por la noche, ante la pared en la que se proyecta la sombra del árbol. Signos y pensamientos que me vienen desde la periferia* (2007)[18] (a partir de ahora: *Por la noche...*):

> De tanto mirar (lo que hay y lo que pasa), no entender ya nada. Mirar hasta que yo no entienda nada (ideal).

Aquí la cosa mirada ha perdido incluso el nombre.[19]

En *La repetición* (1986)[20], una novela en la que abundan los motivos autobiográficos, Handke nos habla de una ensoñación del protagonista que induce en este un momento lúcido y feliz en el que las personas y las cosas se ven como idénticas a ellas mismas:

> Era un sueño ligero, luminoso, nítido en el que yo pensaba cosas amables de todas aquellas figuras negras. Ninguna de ellas era mala. Los viejos eran viejos, las parejas eran parejas, los niños eran

---

que ha encontrado el motivo para tal ensayo, dice: "En el día logrado las montañas de Catskill deberán ser los Catskills, torcer hacia el área de descanso deberá ser torcer hacia el área de descanso, el periódico del domingo deberá ser el periódico del domingo, el atardecer deberá ser el atardecer, tu resplandor a mi lado..." (p. 24).

[18] *Vor der Baumschattenwand nachts. Zeichen un Anflügeaus der Peripherie 2007-2015* (Jung und Jung, Salzburg und Wien, 2016), p. 295.

[19] En la expresión "nombre común", por oposición a "nombre propio", el adjetivo anejo al sustantivo ya casi ni se oye, acostumbrados como estamos desde la escuela primaria a esta fórmula. Nadie se pregunta: ¿común a qué? La respuesta sería: a las cosas que se parecen a lo designado por el sustantivo. Pero, como veremos, la visión handkeana del mundo rechaza la comparación.

[20] *Die Wiederholung* (Suhrkamp, Frankfurt, 1986); *La repetición* (Alianza Ed., Madrid, 2018), pp. 21-22.

> niños, los solitarios eran solitarios, los animales domésticos eran animales domésticos, cada uno parte de un todo, y yo, con mi imagen reflejada en la pared de cristal, pertenecía a este pueblo, un pueblo que yo imaginaba en una marcha ininterrumpida, pacífica, aventurera, relajada en la que se había hecho entrar también a los que dormían, a los enfermos, a los moribundos e incluso a los muertos.

La dulce ensoñación se interrumpe bruscamente así que aparece el nombre propio: la historia, las opiniones, las ideologías; en suma, el "concepto":

> Lo único que lo perturbaba era el enorme retrato del Jefe del Estado, que colgaba justo en el centro de la habitación. Se veía muy claramente al mariscal Tito, con su uniforme adornado con galones y del que colgaban medallas. Estaba de pie, inclinado hacia delante junto a una mesa en la que se apoyaba con su puño cerrado y, desde allí arriba, con ojos fijos y brillantes, me miraba. Le oía decir literalmente: "¡Yo a ti te conozco!". Y yo quería contestar: "Pero yo a mí no me conozco".[21]

---

[21] En el filme *El cielo sobre Berlín*, el anciano que representa al Homero del siglo XX, paseando por las ruinas de la Plaza de Potsdam, dice: "Era una plaza llena de vida; había tranvías, coches y una chocolatería; había también almacenes. Y de repente empezaron a colgar banderas y la gente dejó de ser amable y la policía también".

Es la historia que está debajo de la historia a la que "pasan" los hombres y las gestas dominadas por los "conceptos"; en suma, por el poder.[22]

Algo que puede propiciar esta visión de las personas y las cosas en su identidad, incontaminadas de toda interpretación, es el cansancio. Me refiero no a la fatiga concomitante al trabajo sino al estado que produce el esfuerzo del trabajo, el estado en el que se encuentra el que ha trabajado.

En 1989 Peter Handke escribió un *Ensayo sobre el cansancio*[23]. En este libro, en una reflexión bellamente errática y divagatoria de algo menos de cien páginas, el autor analiza varios tipos de cansancio. Los divide en "buenos" y "malos". Distingue incluso a los hombres "cansados" de los "no cansados". Los cansancios buenos son una especie de *nunc stans* en el que cesan los planes y los proyectos; en él se da la supresión de las prisas –¡e incluso de las calmas!–; una situación que propicia

---

[22] En el libro de diálogos de Peter Hamm con Peter Handke, recogido en el volumen *Vivan las ilusiones. Conversaciones en Chaville y otros lugares* (Pre-Textos, Valencia, 2011, trad. de E. Barjau), en relación con la guerra de los Balcanes, Handke dice: "Nadie preguntaba entonces por los serbios. Nadie escribía nada sobre Serbia, en el sentido de contar simplemente cómo es el país y la gente. Los artículos que yo leía eran de antemano como la política había prescrito. Esto sigue pareciéndome insoportable. Que nadie haya contado nunca cómo se mueve la gente por la calle, cómo pasan las últimas horas de la tarde, cómo cultivan sus campos, cómo es su país" (p. 132).

[23] *Versuch über die Müdigkeit* (Suhrkamp, Frankfurt, 1989); *Ensayo sobre el cansancio* (Alianza Ed., Madrid, 1990, trad. de E. Barjau).

un regreso a uno mismo, un estado de permeabilidad en el que las cosas y las personas aparecen tal como son.[24]

El cansancio puede incluso propiciar una metamorfosis, como la de Gregor Keuschnig en *El momento de la sensación verdadera*. En aquel "Ensayo", en relación con el cansancio (bueno) de una pareja, leemos:

> Un cansancio como este, suspendido sobre los jóvenes, podía llegar a significar incluso una transformación: la que convierte el despreocupado enamoramiento del principio en algo serio.[25]

Las reflexiones que preceden se me asocian con el *purgare oculos* propugnado por Agustín de Hipona. Unas líneas antes de la cita que acabo de reproducir, Handke habla de "la nueva mirada" y de "los ojos totalmente nuevos" que el cansancio puede depararle al cansado.

La experiencia del estado casi salvífico que regala el buen cansancio no es una mera elucubración del autor de estos textos: tiene raíces autobiográficas en la persona misma del escritor. Veamos dos ejemplos tomados de la vida del adolescente y joven Handke. El cansancio después de los trabajos de la trilla, en los que participaba él:

---

[24] Una vez más es pertinente aquí el recuerdo del "juego lingüístico" titulado "Augurio", que Handke escribió en su juventud.

[25] *Op. cit.*, p. 22.

> De este modo estábamos sentados –recuerdo que siempre fuera, al sol de las primeras horas de la tarde– y, hablando o callados, disfrutábamos del cansancio común [...]. Realmente como si estuviéramos reunidos, en una concordia ocasional, la concordia de todos los vecinos, de las generaciones. Una nube de cansancio, un cansancio etéreo nos unía a todos (hasta que se anunciaba el siguiente cargamento de gavillas).[26]

Unas páginas más adelante, el autor recuerda los cansancios de los obreros de la construcción, un cansancio del que Handke confiesa haber tenido envidia. Incluso su padrastro, "que sólo podía imponerse con sus fanfarronadas de hombre de gran ciudad", quedaba acogido por este cansancio:

> Y luego siguen todavía sentados un rato, vueltos los unos hacia los otros, en un ligero cansancio, y conversan, sin hacer chistes, sin enfadarse, sin levantar nunca la voz, sobre sus familias, casi exclusivamente sobre esto, o bien –y con qué paz– sobre el tiempo –nunca sobre un tema que no fuera uno de estos dos. [...] Aunque entre ellos hay un capataz, mi impresión es que nadie lleva la voz cantante, nadie toma la iniciativa; forma parte de su cansancio el hecho de que parezca que nadie "domina" o siquiera "tiene preponderancia" sobre los demás.

---

[26] *Op. cit.*, p. 31.

En la página siguiente Handke relaciona este cansancio con la música:

> Si en aquel tiempo hubiera habido ya un transistor, allí hubiera estado alejado de las obras, por lo menos esto es lo que yo imagino. Y, sin embargo, me parece como si de la claridad de aquellos lugares llegara algo así como una música... la música del cansancio mismo, que tiene el oído fino.

Y por último, para no prolongar más las citas, algo insólito: el efecto beatífico del cansancio confiere una especial luz a sus beneficiarios, aquí al mismo Handke; es algo que tiene efectos concretos en su relación con los demás. El autor cuenta lo que le ocurrió en Edimburgo:

> Después de haber estado mirando durante horas *Los siete sacramentos* de Poussin [...] estaba sentado *radiante de cansancio* en un restaurante italiano [...] podía dejar que me sirvieran, seguro de mí mismo; al final todos los camareros estuvieron de acuerdo en que me habían visto ya otra vez, y además cada uno en un lugar distinto: uno en Santorini (donde no he estado nunca), el otro el verano pasado, con un saco de dormir junto al lago de Garda –ni el saco de dormir ni el lago corresponden a la realidad" [la segunda cursiva no pertenece al texto].

Recordemos los motivos centrales del discurso de Darmstadt al que me he referido al comienzo de este capítulo: el "pensamiento poético", la "disolución de los conceptos", la apuesta por un futuro distinto, propiedad del hombre libre, y la "larga historia" con la que, apartándose de "la lógica occidental", el autor respondería a la pregunta de por qué se ha convertido en escritor.

En muchas obras posteriores a este discurso se habla también de la narración y se señala además que es un tipo de discurso privilegiado por lo que tiene de inocente, libre de cualquier coacción que provenga de "conceptos" aceptados. En *Lento regreso*, Sorger caracteriza así a la mujer de la familia que vive en una casa vecina a la que el protagonista tiene en "la ciudad de la costa occidental": era una mujer "libre de las coacciones semánticas de las opiniones al uso."

En efecto, en el cansancio, al igual que en los viajes en autocar de los que nuestro autor habla en *La repetición* al contarnos sus viajes diarios de escolar entre Klagenfurt y Griffen, se da una suspensión interina de los anhelos y afanes del hombre. Así es como Handke habla de los que viajaban en aquel autocar de línea:

> Convertidos en algo indefinido, por primera vez daban ahora su imagen: lo que ellos expresaban y, al mismo tiempo, lo que no podían expresar, esto era lo que eran en realidad: su saludo –de viajero– era por primera vez un saludo; sus preguntas eran, por primera vez, una petición de información [...]. Una vez, en una mañana muy clara, yo estaba sentado detrás de un pequeño grupo de mujeres que, de un lado al otro del autocar, conversaban sobre los parientes que tenían en el hospital y a los que todas ellas iban a ver [...] convertían aquel autocar en marcha en un

> escenario que en aquellos momentos pertenecía sólo a las narradoras y en cuya cabina acristalada se había juntado al fin la luz de todo el país, una luz que disipaba, espiritualizaba todo lo corporal, todo lo pesado –la luz de un país distinto, de un país que, sin embargo, estaba presente y que circulaba con el autocar.

El autor dedica la última página de esta novela a proclamar la narración abierta, el relato que termina con un "Y", sin ninguna fórmula de cierre: la conjunción que anuncia la posible, deseable, continuación del relato, sin ningún cierre, porque para él todo cierre pende de un concepto, y "el pensamiento poético" tiene la virtud de "disolver los conceptos y, por ende, de hacerse con el futuro".[27]

[27] La conjunción "y" encabeza y da unidad a muchos de los apuntes de los libros de notas de Peter Handke; es un motivo recurrente en ellos. Así: figura como primera palabra de la nota, entre comillas y dos puntos, seguidos de una copulación que ha llamado la atención del diarista. He aquí algunos ejemplos tomados de *Ayer, de camino*: "... el ruido de las palomas que dan saltitos en la grava y el ruido de la lluvia que empieza" (p. 131); "... la cascada que borra los pensamientos y el birimbao que borra los pensamientos (28 de febrero de 1988)" (p. 135); "... las piedrecitas en las ranuras de las suelas de mis zapatos y las uvas en los picos de las palomas del románico" (p. 202); "... amor y contexto" (p. 670). En este mismo libro se encuentran 33 de estas notas (pp. 131, 135, 145, 163, 182, 186, 202, 234,245, 261, 262, 270, 271, 317, 334, 345, 350, 351, 355, 374, 376, 426, 510, 569, 598, 601, 616 –dos notas en la misma página–, 666, 670, 673, 674, 679).

5. UN (APARENTE) EXCURSO: LA FORMA Y LA IMAGEN EN LA OBRA DE PETER HANDKE

Recordemos la distinción que hacíamos al comienzo de este ensayo entre realidad estática y realidad dinámica. Dentro de la realidad dinámica establecíamos también una distinción, la que lo es por la intervención del hombre y la que lo es sin tal intervención. Por lo que hace a la apropiación de la realidad por parte de la "letra", el paso de aquella a esta, a la realidad estática le corresponde la descripción; a la realidad dinámica debida a la intervención del hombre le corresponde la narración; a la realidad dinámica natural, sin tal intervención, corresponde la descripción.

Pues bien, para el autor que centra las reflexiones de este ensayo la cosa no está tan clara. En cuanto al trabajo de llevar la realidad a la "letra", Handke, a lo largo de toda su obra, habla siempre de narración, nunca de descripción. Esto último nos lleva al tema de la forma y la imagen, objeto de descripción según lo dicho antes. Veamos esta cuestión con algún detalle.

En su obra teatral *Kaspar* (1967), basada en la figura histórica de Kaspar Hauser, el muchacho de unos dieciséis años encontrado en una plaza de Nüremberg el 26 de mayo de 1928, aparentemente cautivo hasta esta fecha y que no hablaba sino con frases inconexas, que despertó el interés de psicólogos y pedagogos y cuyo origen sigue hoy en día siendo un enigma, Handke nos presenta a su personaje sometido a la "tortura lingüística" de sus *Einsager*[28], un término que José Luis Gómez y Enrique Hernández han traducido por "apuntadores", que le enseñan a hablar y con ello, según nuestro autor, lo introducen en la estructura cognoscente y operativa que llevó al hombre a los acontecimientos de mediados del siglo pasado.

Pues bien, el protagonista de esta pieza sólo parece encontrar libertad y descanso en frases no dictadas por sus "apuntadores", anteriores a su "liberación": "Sanguijuelas y frases: frío y mosquitos: caballos y pus: escarcha y ratas: anguilas y buñuelos. Cabras y monos".[29]

Tres años más tarde, en su novela *El miedo del portero al penalti*, Handke nos presenta a otro torturado, ahora no por el lenguaje que le mandan aprender, como era el caso de Kaspar, sino por los signos que para el autor austriaco recubren la realidad entera: Joseph Bloch –la alusión al protagonista de *El proceso* de Kafka es aquí evidente–, mecánico y a la vez portero de fútbol, ya no ve el mundo, sólo lo lee, lo interpreta. Una mañana, al llegar al trabajo, el hecho de que sólo el capataz, no sus compañeros, levantara la vista al verlo, lo interpreta el

---

[28] *Gaspar. Insultos al público. El pupilo quiere ser tutor*; trad. de José Luis Gómez y Emilio Hernández (Alianza Ed., Madrid, 1982). El compuesto alemán *Einsager* viene a significar algo así como "el que dice y quiere introducir lo que dice en el que lo escucha".

[29] *Op.cit.*, p. 85.

protagonista como una "señal" de que está despedido. Luego va al cine, se acuesta con la taquillera, y la pregunta de esta sobre si para él no es hora ya de ir al trabajo, la interpreta el protagonista también como una "señal" de que ella se está burlando de él, y la mata. A partir de este momento Bloch se siente perseguido por la policía, lo que no es el caso, y todo lo que ve y lo que ocurre lo interpreta como avisos y signos de esta persecución. Dentro de esta tortura, Bloch sólo tiene un momento de tregua. Las cosas son lo que son, ya no significan nada:

> Ya nada le interesaba, las cosas sólo ocupaban un lugar, como en los tiempos de la paz, pensó Bloch. Ya no había que pensar en ningún significado para el gallo silvestre disecado encima del tocadiscos; tampoco tenían ya ningún papel las moscas que dormían en el techo de la habitación.[30]

La novela termina con la escena insólita que he relatado en la nota 11.

En *El momento de la sensación verdadera,*[31] el protagonista, Gregor Keuschnig –otra alusión a Kafka, ahora a *La metamorfosis*–, agregado cultural de la Embajada de Austria en París, obligado por tanto a ofrecer a los franceses una imagen prefabricada de este país, encuentra también su "salvación" en una

---

[30] *El miedo del portero al penalti* (Alianza Ed., Madrid, 2016. Trad. de Pilar Fernández-Galiano), p. 174.

[31] Ed. Alfaguara, Madrid, 2020. Trad. de Genoveva Dieterich.

imagen: la tríada que en el suelo de un parque de aquella ciudad forman estos objetos: una hoja de castaño, un fragmento de un espejo de bolsillo y un prendedor de cabello de niña. Hacía tiempo que estaban allí, pero de repente pasaron a convertirse, para el protagonista, en una constelación milagrosa que va a cambiar su vida. Al verla, Gregor exclama: "¡Quién dijo que el mundo ya estaba descubierto!". Con esta "visión", que salva a Keuschnig, empieza la transformación, la metamorfosis, del protagonista del relato.[32] Antes de este momento de gracia, Keuschnig se siente agredido por la inevitabilidad de todo lo que sucede alrededor de él: viendo a una mujer salir de una tienda con la cesta de la compra llena, adivina todo lo que inevitablemente va a ocurrir cuando llegue a casa. De este modo la realidad entera se convierte para el protagonista en lo irremediablemente previsible, en algo así como una pesadilla... en la que viven todos los humanos.

En 1975 se estrena el filme *Falsche Bewegung* (*Falso movimiento*)[33], dirigido por Wim Wenders, protagonizado por Rüdiger Vogler y con guion de Peter Handke. El nombre del protagonista de la película es Wilhelm Meister, algo así como la figura rediviva de la "novela de formación" de Goethe. La película quiere ser también una "novela de formación", pero

---

[32] Diez años después, en el libro de notas *Die Geschichte des Bleistiftes* (Suhrkamp, Frankfurt, 1985), p. 188, leemos: "Ante lo que estás viendo, piensa que esto tal vez ya te ha salvado".

[33] *Falsche Bewegung* (Suhrkamp, Frankfurt, 1975). Hay traducción italiana en Ed. Guanda, 2008.

en un contexto completamente distinto del de la obra del clásico alemán. Se trata de la "formación", imprescindible, que debe seguir al rechazo de la lengua del pasado inmediato. En efecto, el Wilhelm Meister handkeano, que quiere ser escritor, no puede hablar ni escribir. En su cuaderno de notas leemos:

> Desde hace dos días no he podido pronunciar una sola palabra. Siento como si la lengua hubiera desaparecido de mi boca.[34]

En otra secuencia del filme, hablando con "el viejo", le oímos decir:

> En realidad, las cuestiones políticas se han convertido para mí en algo inaprehensible. Quería escribir sobre política y al hacerlo me daba cuenta de que me faltaban las palabras. Es decir, palabras había, pero a la vez no tenían nada que ver conmigo. Con ellas yo no tenía sentimiento alguno. Esto no es mío, pensaba.

Al igual que su tocayo de la novela de Goethe, Wilhelm emprende un viaje; en este caso para "formarse" como escritor sobre cuestiones políticas. La norma que va a presidir este viaje va a ser esta: no escribir sobre "lo que se le ocurra" sino

---

[34] *Op. cit.*, p. 8. Es una frase que parece estar tomada casi literalmente de la *Carta de Lord Chandos* (1902) de Hugo von Hofmannstahl: "Las palabras abstractas de las que, conforme a la naturaleza, se tiene que servir la lengua para manifestar una opinión, se me deshacían en la boca como setas podridas".

sobre lo que "le llame la atención".[35] Para el Wilhelm Meister de Handke se trata pues de ver la realidad con nuevos ojos, con ojos limpios de todo lo que se ha dicho y pensado antes.

Diez años más tarde, en su libro de notas *Historia del lápiz*, Handke formulará de un modo explícito el motivo que subyace a esta norma que debía presidir el "viaje de formación" de su Wilhelm Meister:

> A cada frase que te pase por la cabeza pregúntate: "¿es esta realmente mi lengua"?[36]

Este nuevo "aprendizaje" llevará aparejada una transformación personal de Wilhelm: ahora podrá amar realmente a Therèse, una muchacha de la que, antes de su viaje iniciático, el protagonista del filme "estaba enamorado", con la que "mantenía una relación sentimental", frases que para él han dejado de tener sentido.

Es algo que, como veremos enseguida, le ocurrirá también a Sorger, el protagonista de *Lento regreso* (1979), para el que la lengua contaminada del pasado ha hecho imposible toda relación humana auténtica.

---

[35] Conviene que nos detengamos unos momentos en los verbos alemanes que he traducido con estas dos expresiones. Lo que he traducido por "ocurrírsele (a uno)" corresponde al verbo alemán *einfallen*, que significa literalmente "caer dentro"; lo que he traducido por "llamar la atención" proviene del alemán *auffallen*, que significa literalmente "caer sobre" –en el sentido que tiene en castellano la expresión "chocarle a uno algo"–.

[36] *Die Geschichte des Bleistiftes* (Suhrkamp, Frankfurt, 1985), p. 78. Historia del lápiz (Península, Barcelona, 2003, trad de J. A. Alemany).

Sobre la visión de la imagen, de la imagen nueva, hasta ahora inadvertida, o vista desde condicionamientos impuestos, versa esta novela, una de las más importantes de nuestro autor y a la que él se ha referido varias veces en obras posteriores.

Sorger, geólogo y agrimensor, se retira al "Gran Norte" (Alaska) para ver –¡y nombrar!– de un modo nuevo las formas de la Tierra en esta región del planeta; para olvidar las formas de las que se ocupa su especialidad y los nombres que esta da a tales formas. Del mismo modo que en *El momento de la sensación verdadera* y *Falso movimiento*, en el protagonista de *Lento regreso*, después de esta especie de *vía purgativa* que le ha llevado a una visión nueva de las formas de la Tierra, empieza una renovación ética y social que le regala un nuevo modo de relacionarse con "el otro".[37]

Después de esta experiencia en el "Gran Norte", una vez haya regresado a Europa, Sorger se propone visitar "los espacios de la infancia".[38]

Un capítulo especial de la fijación de nuestro autor en la imagen lo encontramos en *La doctrina del Sainte-Victoire*

---

[37] En el libro de notas *De noche...*, p. 312, leemos: "Inútil ir arañando la puerta de los cielos: esto es lo que yo pensaba de la vida cuando era joven y carecía de esperanza. Y luego esto no ha sido así en absoluto –gracias a los Otros–, al 'Divino Otro', como me he atrevido a escribir en *Lento regreso*".

[38] Los que el niño ve de un modo prístino, sin enseñanza previa ni prejuicio alguno. En *Lento regreso*, en relación con el trabajo del protagonista en el "Gran Norte", leemos: "Tenía que tomar en serio el mundo que lo rodeaba, en cada una de sus insignificantes formas –una estría en la piedra, un cambio de coloración en el barro, la arena que el viento había depositado al pie de una planta–; tenía que tomarlo en serio, *como sólo un niño puede hacerlo*" (p. 39). (El subrayado no pertenece al texto de Handke).

(1980). Para Handke la razón del hecho de que Cézanne pintara más de sesenta veces este monte de Provenza fue algo que, casi como una obsesión, le estuvo persiguiendo durante un tiempo. Ello le llevó a emprender dos viajes –casi habría que hablar de dos peregrinaciones– a esta montaña. Quería descubrir, con-vivir, lo que para el pintor francés significó el monte Sainte-Victorie. La aventura de Handke, al igual que la de Sorger en el "Gran Norte", es a la vez una aventura epistemológica y ética. He aquí lo que dice de su contemplación de este monte:

> Me sentía rodeado constantemente por la belleza, de un modo tan intenso que tenía ganas de abrazar a alguien.[39]

La doctrina del Sainte-Victoire es el segundo volumen de una tetralogía que lleva por título el del primero.[40] En estos cuatro libros se habla de un "Lento regreso al hogar".[41] Los dos viajes de Handke al Sainte-Victoire son también un regreso a este hogar. He aquí cómo nuestro autor describe esta "casa":

---

[39] *Op. cit.*, p. 69.

[40] Los otros dos son *Historia de niños* (Alianza Ed., Madrid, 1981, trad. de J. Deike) y *Por los pueblos* (Alianza Ed., Madrid, 1981, trad. de E. Barjau).

[41] Esta sería la traducción literal de *langsame Heimkehr*. En mi versión al español de esta novela he suprimido el primer elemento de este compuesto alemán –*Heim*: casa, hogar– porque el sintagma "al hogar" "se oye" más en castellano que la palabra *Heim*, un elemento del compuesto *Heimkehr* que es casi un prefijo; mi supresión obedece también al deseo de ofrecer un título breve, al igual que el del original alemán.

> Y vi cómo se me abría el Reino de las Palabras con el *Espíritu de las Formas*, con el velo de la seguridad y del buen recaudo junto con el intermedio de la invulnerabilidad.[42]

Casi treinta años después, en su libro *Una vez más para Tucídides*, en una nueva visita al monte, arrasado por un incendio, Handke se reafirma en lo que había dicho en *La doctrina del Sainte-Victoire*:

> [...] sentía una especie de hambre de recuperar uno de los caminos que él ya había probado, unos caminos que siempre le habían servido de escalera al cielo, donde en un momento el suelo se volvía elástico bajo sus suelas, empezaba a verdear ante sus ojos y llegaba el azul del cielo con toda su viveza.

Unas páginas después el autor concreta lo que para él es el camino:

> Camino: hasta entonces la única cosa duradera para él; la única fiable para ser repetida y en la que la repetición ofrecía una forma cada vez nueva de un conocimiento desde siempre existente, pero que quedaba olvidado si no se andaba en él.

A propósito de este macizo montañoso de Provenza, el autor, refiriéndose a lo que llama "paisajes del mundo", señala que en

---

[42] *Ibid.*, p. 113. (La cursiva pertenece al texto de Handke).

la pintura neerlandesa del siglo xviii, los pintores, con el fin de "arrebatar la mirada al infinito", acostumbraban a pintar en el centro de sus cuadros bandadas de pájaros volando.

Pues bien, para él nada de esto era necesario para conseguir la presencia del Sainte-Victoire: "Estaba lejos –el monte–, no obstante, estaba ante mí de un modo inmediato".

Volvamos al motivo que orienta las reflexiones de este capítulo: la fijación de nuestro autor en la imagen y el poder regenerador, salvífico de esta. En sus observaciones de los distintos cuadros de Cézanne centrados en este monte de Provenza, incluso de los esbozos que el pintor había dibujado a lápiz, a Handke le llama la atención de un modo especial "una huella", su imaginación

> chocaba una y otra vez con esta huella, hasta que al fin acabó convirtiéndose en mi idea fija [...] mi imaginación, de un modo involuntario e inexplicable, giraba en torno a un mismo punto: una falla que había en torno a dos capas de dos tipos de roca distintos [...] propiamente un "punto", porque allí, en la curvatura de una capa dentro de otra, este punto corta la línea de la cresta en dirección transversal. Aunque a simple vista no se ve nada, este punto vuelve una y otra vez en los cuadros del pintor, en forma de sombra de mayor o menor tamaño; incluso en los esbozos a lápiz, este hundimiento está siempre dibujado, con líneas paralelas, o, por lo menos, con un perfil puro.

A continuación, Handke señala que este punto es lo que le movió a emprender otro viaje al Sainte-Victoire:

De él esperaba encontrar la clave –antes ha dicho lo que el motivo de estos viajes fue "las ansias de unidad y conexión"–, y, aunque la razón quisiera disuadirme, yo sabía que la fantasía tenía razón.

Los textos de *La doctrina del Sainte-Victoire* que acabo de citar, así como el libro entero, se me asocian casi de un modo automático con la nota de *Historia del lápiz*, citada ya, en la que el autor le recuerda al lector que después de ver una forma debe pensar que tal vez esta le ha salvado. Hacen pensar también en "el momento de la sensación verdadera", del libro del mismo título: la trinidad de objetos que ve Gregor Keuschnig en un parque de París y que determinan su "transformación" y la entrada en "el otro sistema". El protagonista de esta novela se ha topado con algo que le ha llamado la atención, le ha "caído encima". Pues bien, en cierto modo cabe decir que eso es lo que le ha ocurrido a Peter Handke en sus dos viajes al monte Sainte-Victoire.

El tema de la imagen no sólo lo encontramos en la obra narrativa de nuestro autor, por la que acabo de hacer un breve recorrido, sino también en obras "teóricas", artículos y libros de apuntes, desde los primeros años de su producción escrita hasta sus últimos libros.

Así, en el artículo "Elend des Vergleichens" ("Miseria de la comparación", 1958), que se encuentra en el libro de ensayos *Soy un habitante de la torre de marfil*[43] –un título, el de este artículo, con el que el autor, de un modo casi agresivo, quiere

[43] *Ich bin ein Bewohner des Elfenbeinsturm* (Suhrkamp, Frankfurt, 1972).

proclamar su rechazo de la "literatura comprometida", la independencia de la lengua de la cháchara casi automatizada que el pasado inmediato ha legado al hablante alemán, en este caso atacando la costumbre, para él casi la adicción, de comparar–, Handke dice que al comparar vamos de una cosa a otra; resbalamos por encima de la realidad y, en definitiva, no estamos viendo nada realmente, porque, en nuestro afán generalizador, prescindimos de las peculiaridades de cada cosa, de su imagen.

Esta advertencia, la de detenerse en lo visto sin salir de él, parece reaparecer, más de sesenta años después, en el apunte ya citado de *De noche...*:

> De tanto mirar (lo que hay y lo que pasa), no entender ya nada. Mirar hasta que yo no entienda nada (ideal).

Lo que cabría llamar la plasmación literaria de esta diatriba contra la manía de comparar la encontramos *ex negativo* en el *Sprechspiel* ("juego lingüístico") *Weissagung* ("Augurio"), del año 1964, publicado en el volumen citado y al que ya me he referido.

6. SOBRE LA DINAMIZACIÓN DE LA REALIDAD

Con lo cual salimos del (aparente) rodeo del capítulo anterior. Recordemos lo que decíamos al comienzo de este libro. Distinguíamos entre realidad estática y realidad dinámica y hablábamos de los dos modos como estas realidades entraban en la "letra": descripción y narración, respectivamente; añadiendo estas precisiones: cuando la realidad dinámica –una puesta de sol, la erupción de un volcán– tiene lugar sin la intervención del hombre pasa a la literatura en forma de descripción.

Pues bien, para entender a Peter Handke y lo que piensa sobre la narración, hay que olvidarse de todo esto. En el filme *La ausencia*, con guion y dirección de este autor, basado en su novela del mismo nombre, oímos decir al protagonista, El Viejo:

> Andar. Golpear el suelo con las suelas de los zapatos [...]. Sólo andando, andando, hacía bajar yo la luz del cielo. Airear la tierra andando. Hacer que el azul azulee, que el verde verdezca, que el marrón luzca, que el gris florezca.

La película termina con esta secuencia: un niño, subido en los hombros de un adulto que anda arriba y abajo por la orilla del mar, va diciendo, en una entonación como de cantilena: "Mi padre anda, el pez nada, el árbol está de pie, el fuego arde, el agua corre, la luna brilla, el tren corre, el barco navega, mi padre anda…”.

En una de las últimas páginas de la novela sobre la que Handke escribió este guion cinematográfico, leemos:

> Las escaleras de piedra se lanzaban rectas hacia arriba. Las sombrillas se abombaban. La camarera estaba apoyada. Nosotros estábamos sentados. Los jardineros estaban de pie. Los muros estaban de pie. Las ramas del cedro se entrelazaban. Las raíces se estiraban. El magma llameaba. El mar batía. El espacio cósmico zumbaba. En el cielo los pájaros, ala con ala, estaban suspendidos en el aire. Las pinochas verdeaban. El tronco se redondeaba. El humo hacía un signo.

La realidad entera se dinamiza y se hace narrable. El mundo se narra (al que anda). En el parlamento de El Viejo que he citado antes, oímos a este decir: “Es andando, andando como las cosas del mundo acontecían, se narraban”.

Ya antes, en la tetralogía *Lento regreso*, encontramos esta visión dinámica de lo (aparentemente) estático. El geólogo Sorger ve las formas de la Tierra del “Gran Norte” como testigos de una historia, la de este planeta. De ahí que rechace nombrar estas formas con términos que han nacido de y en una historia, la de Europa, una historia completamente distinta y que además ha llevado a este continente a las más grandes catástrofes.[44]

---

[44] “A Sorger, las fórmulas lingüísticas de su ciencia, por muy convencido que estuviera de ella, le parecían siempre una alegre estafa; los ritos con los que aprehendían el paisaje, sus convenciones de descripción y de nomenclatura, su representación del

En la segunda parte de esta novela el protagonista visita un parque cercano a la casa que tiene en California, el denominado "parque del terremoto". Al dibujar la tierra de este parque –antes ha dicho que prefiere dibujar a sacar fotografías– se da cuenta de que "las distintas capas de la tierra se separaban claramente en todas direcciones" y de que "en los más insignificantes cambios de dirección se podía experimentar todavía la violencia de la gran catástrofe".

Esta visión dinámica de las formas de la tierra es algo que le ocurre también al mismo autor. En el segundo volumen de la tetralogía *Lento regreso, La doctrina del Sainte-Victoire*, un relato autobiográfico, Handke cuenta lo que le llevó al segundo viaje al monte de Provenza. Un punto, una microfalla que parece que atrajo la atención de un modo especial al pintor y que no sólo se encuentra en todos sus cuadros, sino también en los esbozos a lápiz que dibujó de ellos. Handke quiere saber qué papel tiene tal punto dentro del conjunto; un "punto" que, "en la curvatura de una capa dentro de otra, corta además la línea de la cresta en dirección transversal". La visión de este punto, que se había convertido en una obsesión para Handke, provocará reacciones especiales en el contemplador. Él mismo no sabe decir cuáles: "¿una solución?, ¿un conocimiento?, ¿un descubrimiento?, ¿una conclusión?, ¿algo definitivo?". He aquí

---

tiempo y de los espacios se le antojaban como algo cuestionable: el hecho de que en una lengua que se había formado a partir de la historia de la Humanidad hubiera que pensar la historia, incomparablemente distinta, de los movimientos y de las formaciones del globo terráqueo le provocaba una sensación espasmódica de vértigo corporal".

lo que le ocurre al que se ha fijado en este punto y cómo ve todo lo que lo rodea:

> Primero fue el miedo a la muerte –como si yo estuviera aplastado entre las dos capas de rocas–; luego fue, como nunca lo había sentido, lo abierto: el único aliento, si lo hay (y podía ser olvidado de nuevo). El azul del cielo que había encima de la cumbre de la colina se hizo agradablemente cálido, y las margas rojas de la barbechera eran ahora ardientes. Al lado, en la parte boscosa, muy tupida, las masas de pinos, con miles de matices de verde; las oscuras franjas de sombra que había entre las ramas, como hileras de ventanas de una inmensa urbanización construida sobre la ladera, y cada uno de los árboles del bosque, visibles ahora uno por uno, erguidos, moviéndose como una eterna peonza, con la cual, en pie, se movía también el bosque entero (y la gran urbanización). Detrás, el perfil seguro del Sainte-Victoire, y delante D.[45], con sus colores, como forma humana apaciguadora (por unos momentos la vi como "mirlo").

En el siguiente párrafo, para sorpresa de lector, alguien que no es el contemplador, interviene y lleva a culminación la experiencia:

> Alguien, despacio, fue acercando lentamente las dos manos y las entrelazó con arrogancia hasta formar un puño. ¡Yo me atrevería al golpe y saldría hacia el Todo! Y vi que se me abría el Reino

[45] Dominika Vogler, compañera de viaje en esta excursión del autor.

de las Palabras, con el Gran Espíritu de la Formas; con el velo del estado de seguridad y buen recaudo; con el intermedio de la invulnerabilidad para "la prosecución indeterminada de la existencia", como definió el Filósofo[46] la duración.

En el diario de una semana del mes de abril de 1985, del que me ocupo en el capítulo ocho, en una de las notas más bellas de este cuadernillo de treinta páginas, encontramos algo muy cercano a las "narraciones-de-una-sola-cosa" del profesor del que habla el yo-narrador de *La repetición*. Se trata de una muchacha que está esperando a alguien junto a la estación de Montfalcone. No ocurre nada, sólo esto: la muchacha se quita las gafas de sol. Sin embargo, Handke llena con este relato una de las páginas de su diario. Me permito remitir al lector a la antología de este diario que figura al final del libro.

Dentro de la realidad dinámica hemos distinguido entre "hechos" –la erupción de un volcán, una tempestad en el mar– y "acontecimientos" –la Revolución Francesa, la caída del muro de Berlín–. Los primeros, decíamos, se describen; los segundos se narran. Pues bien, hemos pedido al lector que se olvide de tal distinción. Es lo que tendrá que hacer cuando lea uno de los relatos de *Una vez más para Tucídides* titulado "Pequeña fábula del fresno de Múnich". En la primera página, en relación con este árbol, leemos:

---

[46] Spinoza.

> El árbol se salió de su acostumbrada –comoquiera que fuese acostumbrada– querida imagen y se presentó como un lugar lleno de sucesos. ¿Un lugar lleno de sucesos? No, el fresno mismo se convirtió (de una imagen) en un suceso. ¿Cómo empezó? ¿Qué fue lo primero que sucedió? Primero sucedió el color de la corteza del tronco.

El mundo, el mundo entero se narra; la naturaleza y el mundo humano; todo acontece, nada está. Todo puede entrar en la "letra" en forma de narración. Es lo que espero corroborar en el capítulo siguiente leyendo el libro que acabo de citar.

7. *UNA VEZ MÁS PARA TUCÍDIDES*: ¿UN MANIFIESTO?

Eso parece. La preposición "para" induce a pensarlo. También la mención del historiador griego.[47] Y también: la especial insistencia en todo lo que une las páginas de este pequeño volumen. ¿Un manifiesto a favor de qué? De la narración, de la narración abierta. Vamos a verlo con algún detalle.

El libro, de algo más de cien páginas, no es ninguna novela, tampoco es un ensayo teórico. Es un conjunto de diecisiete capítulos, independientes los unos de los otros. La unidad del conjunto pende del propósito de la obra y de su condición de declaración de principios. He aquí el índice:

- "Para Tucídides".
- "Las palomas de Pazin".
- "El relampagueo o Una vez más para Tucídides",
- "El limpiabotas de Split".

[47] En el prólogo, Cecilia Dreymüller, traductora de este libro, nos aclara la frase "una vez más" que figura en el título: "Las primeras 'epopeyas' de *Una vez más para Tucídides* se publicaron en el año 1990, y fueron escritas durante el periodo de continuos viajes que llevaron a Handke por toda Europa, por Oriente Próximo y hasta Japón y Alaska. En 1996, el escritor autorizó una edición ampliada".

- "Epopeya del cargado de un barco".
- "Historia de los tocados de Skopie".
- "Las llamadas al papagayo desaparecido en Patras, Peloponeso, el 20 de diciembre de 1987".
- "Algunos episodios de la nevada japonesa".
- "Últimas imágenes".
- "Epopeya de las luciérnagas".
- "El *blues* del trueno de Brazzano en el Friuli".
- "Una vez más una historia del deshielo".
- "La hora entre golondrina y murciélago".
- "Dos días frente a la montaña de la cocina de nubes".
- "Intento de exorcismo de una historia por otra".
- "Pequeña fábula del fresno de Múnich".
- "Epopeya de la desaparición de los caminos u Otra lección del Sainte-Victoire".

De los rótulos de este conjunto llaman la atención varias cosas: el hecho de que tres de los diecisiete capítulos contengan la palabra "epopeya"; de que uno, el penúltimo, se titule "Pequeña fábula"; de que en tres se anuncie una "historia" y de que en uno se hable de "episodios de".

Estos nombres determinativos, así como la relación de ellos con el contenido del capítulo correspondiente, producen extrañeza en el lector y parecen tener una intención polémica: ¿epopeya?, ¿fábula?, ¿historia?, ¿episodios?

Empecemos por el término "epopeya". La consulta a algunos diccionarios corrobora nuestra sorpresa: el de la RAE señala que una epopeya "es un poema narrativo extenso, de elevado estilo, acción grande y pública, personajes heroicos o de suma importancia y en el cual interviene lo sobrenatural y maravilloso". El *Diccionario de Literatura* de *Revista de Occidente* dice que "la conservación escrita [de una epopeya] sirve de lección a un pueblo o posee caracteres universales".

Pues bien, nada de esto se encuentra en los capítulos del libro de Handke encabezados por este rótulo. Lo mismo ocurre con el penúltimo: "Pequeña fábula del fresno de Múnich". Por fábula entiende la RAE un "poema de género épico que es la narración de memorables hechos o vidas y cuya conservación escrita sirve de lección a un pueblo o posee caracteres universales". María Moliner habla de una "narración literaria [...] de la que, generalmente, se deduce una enseñanza práctica".

¿Entonces? "La epopeya de la paz", una expresión que Handke emplea con frecuencia. La epopeya, hasta ahora olvidada, que desea reinstaurar uno de los personajes, el viejo –¿Homero?– de *El cielo sobre Berlín*:

> Todavía nadie ha conseguido entonar la epopeya de la paz. El mundo parece estar hundiéndose, pero yo sigo narrando su historia como al principio, con la voz cantarina que me sostiene.

"La epopeya de la paz": la expresión se me asocia al dicho castellano "los matrimonios felices no tienen historia"; una expresión que nuestro autor rechazaría categóricamente: ¿desde cuándo, por qué las historias tienen que ser siempre el relato de conflictos? Son precisamente las series de sucesos de paz las que son dignas de "pasar"... no a la historia sino a la narración.

De este subgénero narrativo podemos decir, leyendo las definiciones que acabamos de citar hace un momento, que tienen vocación de perdurabilidad, de memorándum para un amplio colectivo humano. Pues bien, para nuestro autor las epopeyas no necesitan narrar "hechos heroicos o legendarios". En ellas no es preciso que haya "personajes heroicos o de suma importancia". No necesitan servir de "lección a un pueblo" ni poseer "caracteres universales".

Una gran parte del discurso que Peter Handke pronunció en Estocolmo cuando la Academia Sueca le otorgó el Premio Nobel de Literatura lo ocupa la narración de tres "episodios" de otras tantas historias que la madre del autor le contó a su hijo.

El primero se refiere a un incidente ocurrido en una finca rústica cercana al pueblo donde vivía la madre de Handke: una niña de pocos años, pero que ya sabía hablar, quedó enredada entre los alambres de espino de una cerca. La libró su madre biológica, una muchacha deficiente mental que trabajaba en la finca. La niña no la conocía. El cacique de la hacienda, su padre, le había asignado una madre adoptiva y había prohibido que se conociera como tal a la verdadera madre. Lo primero que preguntó la niña al verse liberada fue por qué la muchacha que la había sacado de aquel trance tenía unas manos tan finas.

En la segunda historia se habla de Hans –en esloveno, indica Handke, Janez o Hanzej–, el hermano pequeño de la madre del autor, el horticultor rememorado en *La repetición*. Internado en el seminario Marianum, se escapó de esta institución y volvió a su casa. Después de haber recorrido a pie los cuarenta kilómetros que separaban este centro de aquella, lo que hizo no fue presentarse a su familia sino ponerse a barrer la era, ya que esto era lo que se hacía habitualmente en esa casa ese día de la semana, el sábado. Así es cómo lo encontraron.

El protagonista de la tercera historia es Gregor, el hermano mayor de la madre de Handke. En septiembre de 1943, de permiso por un tiempo del frente de Crimea, donde luchaba con las tropas de Hitler, él, que según la narradora era "el más afecto al hogar", pasó sus días libres evitando la casa y vagando por los pueblos vecinos al suyo, Stara Vas, "derramando todas las lágrimas de su cuerpo". Sólo el día en el que el auto de línea lo llevaba de nuevo al frente, comunicó –Handke aventura la sospecha de que fue a su hermana– esta mala noticia.

Nada especial, nada cuya memoria sea digna de perdurar y servir de ejemplo o memorándum para "una amplia comunidad humana". En un pasaje de *La doctrina del Sainte-Victoire* se encuentra corroborada esta idea en una cita que el autor hace de unas frases del relato de Adalbert Stifter titulado "Kalkstein" ("Piedra caliza"):

> Os voy a contar aquí una historia que nos contó una vez un amigo en la que no ocurre nada especial pero que yo todavía no he podido olvidar.

En el *Ensayo sobre el día logrado* leemos:

> [...] para el logro del día hace falta también dejar simplemente que anochezca, teniendo ojos incluso para la doble luz del

> crepúsculo, y luego, aunque no haya ocurrido nada, poder narrar lo inagotable del día.

Y dos páginas más adelante:

> ¡El momento aislado, por grande que este sea, no vamos a contarlo, por lo menos aquí, como día logrado! (Dejemos que cuente el día entero).

Se trata de algo que ya hemos visto a lo largo de este ensayo: centrar nuestra atención en aquello que ha pasado inadvertido, que ha sido *übersehen*, "inadvertido", "pasado por alto"; desconfiar de lo que se nos ocurra *–einfällt:* nos "cae dentro"– y, en una actitud a la vez abierta y pasiva, atender a lo que nos "choca" *–auffällt:* "cae encima"–; dejar de mirar lo que nos enseñan y registrar, admirados, lo que hay, o, mejor, lo que pasa, todo lo que pasa.

El motivo handkeano de la dinamización de lo (aparentemente) estático se encuentra también en *Una vez más para Tucídides*. Así, en el penúltimo capítulo leemos:

> El fresno no hacía otra cosa que permanecer allí, simplemente, tal como era, y sin embargo estaba activo. Recordaba o –¿por qué no la antigua palabra? – exhortaba ¿a qué?, a nada en concreto, pero al mismo tiempo me enseñaba, o mejor dicho, me señalaba (me propiciaba) la altura de la cabeza, de los ojos, con la que tomar medida de la realidad que se extendía ante mí.

De ahí que, como dinámico y por ello temporal, todo lo visto sea objeto de narración.

Lo cual me lleva a coger un cabo que he dejado suelto páginas atrás. Decía en el primer capítulo de este ensayo que se narra lo dinámico y se describe lo (aparentemente) estático, y que para ser narrable lo dinámico debe estar presente el individuo humano. Pues bien, siguiendo el pensamiento de nuestro autor, hemos visto que para Handke lo dinámico natural no es objeto de descripción sino de narración. Desparece pues en él la distinción entre lo dinámico natural y lo dinámico humano.

En *Una vez más para Tucídides* encontramos en pie de igualdad la narración de lo natural –el relampagueo, la nevada, las luciérnagas, el deshielo–, y de lo humano –el limpiabotas, el cargado de un barco, los tocados–.

En el capítulo 4 me he referido al final de la novela *La repetición*, una exaltación de, casi un himno a, lo que es narrar. Reflexiones explícitas sobre lo que es, lo que debiera ser, la narración, "la epopeya de la paz", no las encontramos en este libro dedicado a Tucídides. Sin embargo, algo parecido a aquel al himno a la narración del final de aquella novela, y muy cercano a tal loa, lo encontramos en el relato "Intento de exorcismo de una historia por otra".

Esta historia la cuenta Peter Handke desde el hotel Términus de Lyon, un hotel anejo a la estación ferroviaria Lyon-Perrache. El autor "narra" lo que ve desde la ventana de su habitación: los ferroviarios, casi siempre en grupos de dos, andando por el campo de vías de esta estación, volviendo a su casa, a un bloque de viviendas en las que casi todas las cortinas de las ventanas están cerradas. Una mariposa, iluminada por el sol, en uno de los carriles de una vía. Dos acontecimientos también, en una insólita copulación, muy handkeana: las golondrinas zigzagueando por el cielo "y" el centelleo de los cierres de las carteras y los relojes de pulsera de los *cheminots*. Otro suceso: ahora, en el campo de vías, un hombre, con manga corta, andando solo "seguro de su destino". Con lo último narrado por Handke en este capítulo, el escritor quiere exorcizar la otra "historia", la de las atrocidades que en este mismo hotel, cuartel general de las SS durante la ocupación nazi de Francia, cometió Klaus Barbie[48]: "y los niños de Izieux levantaban sus gritos al cielo, casi medio siglo después de su deportación, ahora más que nunca".

En relación con la presencia de lo humano en este libro, me parece casi inexcusable citar unas líneas del capítulo en el que el autor habla de la "Epopeya del cargado de un barco". Interrumpiendo la narración del traslado de mercancías al buque, aparece "El Divino Otro" que Handke dice haber descubierto desde que escribió *Lento regreso:*

> En la proa, al sol, los pasajeros estaban ahora sentados en la cubierta superior, entre ellos una hermosa joven de aspecto serio. Tenía un brazo extendido detrás de sí, sobre el respaldo; el otro

[48] Oficial de la Gestapo, conocido como "el carnicero de Lyon". Torturador y ejecutor personal de cientos de judíos, ordenó deportar a Auschwitz a 44 niños que perecieron en ese campo de concentración.

> estaba extendido hacia delante, sobre la rodilla. Con la cabeza erguida recorría con su mirada la lejanía.

Y por último, algo que corrobora la respuesta que he dado al comienzo de este capítulo sobre si este libro dedicado a Tucídides es o no un manifiesto. A lo largo del presente ensayo he insistido hasta la saciedad en que la narración propugnada por Peter Handke es una narración abierta, sin cierre, siempre terminando con un posible "Y...". Pues bien, véase cómo concluye la "historia" de "los tocados de Scopie":

> Un chico con una bufanda alrededor de cuello y orejas. Un chaval con orejeras de esquí, con el bordado de TRICOT.

El relato termina con la fórmula de la que he hablado páginas atrás:

> "Etcétera. Todo el hermoso etcétera. Todo el hermoso etcétera".

8. OCHO DÍAS DE LA VIDA DE PETER HANDKE

Los días que van del 2 de abril de 1985 al 9 del mismo mes y año. Un viaje-excursión que hizo Handke desde Trieste a Venecia, pasando por Montfalcone y Verona (véase el mapa adjunto). Las notas personales de este recorrido figuran en el cuadernillo de treinta páginas, tamaño octavilla, que me dio el autor en Klagenfurt y del que he hablado ya en la introducción. En esta pequeña libreta Handke anotó observaciones y experiencias del máximo interés, no sólo para conocer al autor sino para ilustrar lo que se ha dicho en el presente ensayo. Sobre todo ello versarán las páginas que siguen.

El escritor tiene en este momento 43 años. Está terminando una de sus novelas más importantes, *La repetición*, que se menciona en dos ocasiones en el cuadernillo. Se encuentra aproximadamente *nel mezzo del cammin* de su vida. Ha dejado atrás la etapa experimental de su obra. Ha escrito ya la tetralogía *Lento regreso*. Vive en Salzburgo –en la contraportada de este cuadernillo, probablemente para el caso de un posible extravío, figura la dirección postal de Handke– con su hija Amina, de 16 años, hija de la actriz Liebgart Schwarz.

Varios son los motivos que me han llevado a concluir el cuerpo de este libro con algunas reflexiones sobre este cuadernillo y con una antología de los apuntes que figuran en él. Ante todo, ofrecerle al lector algo de esta preciosa primicia, un documento que supone nada menos que entrar en el obrador del escritor austríaco: no olvidemos que las notas que ahí figuran no están destinadas a una eventual publicación, sino que reflejan el día a día de Peter Handke, lo que él se dice a sí mismo en este viaje por Italia; unas notas concomitantes además con una de sus novelas. Pero hay que añadir algo más: en las páginas de este diario el lector del presente ensayo encontrará no pocos de los temas –casi habría que decir de las obsesiones de nuestro autor– que han sido objeto de meditación y comentario en las páginas que preceden.

Los motivos que aparecen en este diario son de muy diversa índole. Lo primero que llama la atención de esas páginas es la presencia del mundo vegetal y animal, sobre todo de este último, frente a la esporádica aparición de seres humanos: un afinador de pianos; el guarda de un aparcamiento; alguien que cruza el Gran Canal de Venecia en un bote; un ciclista que cruza los puentes que atraviesan una autopista; unos camioneros que Handke ve desde lejos en la zona de descanso de una autopista, hablando con la mujer que está al cuidado de los servicios; un viejo que intenta cazar un gorrión, y una muchacha que está esperando a alguien delante de la estación de Montfalcone. En alguna de estas personas, sobre todo en esta última, me detendré más adelante. Salvo un saludo breve con alguien que no se menciona, con deseos de *buona pasqua*, no parece que el autor del diario haya tenido relación personal con ninguno de ellos.

Del paisaje entre Trieste y Venecia salen un lago, el de Doberdob, un arroyo y una dolina; también alusiones al Karst y a algunos de sus pueblos. Handke se ha fijado especialmente en el aspecto de las casas y las iglesias; casas que parecen iglesias e iglesias que parecen casas. Poca cosa más, excepto los frescos de Santa María de Monte de Pietà, del pintor Giulio Quaglio, que Handke observa con detalle y de los que me ocuparé al final de este capítulo.

Llama también la atención la relación estrecha, en ocasiones cabría decir casi mística, del autor del diario con lo que está viendo y viviendo: el viento del Karst "bautizando" al autor "hasta las raíces de los cabellos"[49]; Handke, dormido, al sol, identificándose con este astro cuando sus rayos tocan las partes desnudas de su cuerpo, una experiencia que el autor califica de "gran acontecimiento". Los troncos de los mimbres crujiendo bajo la cabeza del durmiente. Al día siguiente de haber nadado en el lago de Doberdob, el cuaderno de notas sigue oliendo todavía a este lago. Bajando por una dolina del Karst, el excursionista distingue las distintas temperaturas de las rocas conforme va cambiando el ángulo de inflexión de los rayos de sol sobre ellas.

Entreveradas en este relato minucioso y exhaustivo del entorno del caminante, algunas observaciones personales, algo así como fragmentos de un "monólogo interior": Handke dándose ánimos a sí mismo –"ser, sólo ser"–; diferenciando entre "lo inquietante del pavor y el pavor de lo inquietante";

---

[49] Algo que le ocurre también al yo narrador de *La repetición*, véase pp. 261-262.

distinguiendo también entre dos maneras de hablar de uno mismo, una de ellas no censurable; pensando en "PK", que ha aprendido a inspirar profundamente, el diarista señala entre paréntesis que "junto al largo charco de San Michele [ha] inspirado profundamente por primera vez".

Por lo que hace a las plantas, los árboles y los animales que se ha encontrado en su camino, hay que decir que Handke no se ha limitado a simples enumeraciones, sino que se ha detenido en narrar con todo detalle lo que pasa con estos: las mazorcas de dos mimbres que crecen junto al lago están unidas como hombre y mujer; las hormigas, de regreso a sus agujeros, andan hacia atrás y se dejan caer en ellos; dirigen sus antenas hacia el sol y en el momento antes de desaparecer, estas toman una coloración oscura.

También en los seres humanos que ha encontrado en su viaje se detiene el autor del diario: el afinador de pianos, después de haber estado mucho tiempo tocando notas sueltas, al fin, "pasadas las tres de la tarde", toca una melodía; el que cruza en bote el Gran Canal es lo único que se ve entre la bruma, después desaparece detrás de San Giorgio y todo queda sumido en la niebla; el ciclista que Handke ve desde la autopista y que circula por los puentes que la atraviesan, es siempre el mismo; la muchacha que está esperando a alguien delante de la estación de Montfalcone luce cada vez más hermosa a medida que pasa el tiempo; al fin se quita las gafas de sol, no se ven sus ojos, pero sí la sombra de la cavidad en la que están; lo que antes se ha visto en ella es uno de los pendientes, tiene el cabello corto y "una clara palidez en el rostro".

Al lector de este diario, estas descripciones, o más bien narraciones –para acercarnos al ideal de Handke y al motivo central de este libro–, se asocian casi de modo automático a las "narraciones-de-una-sola-cosa" que escribe uno de los personajes de *La repetición*, el profesor del yo narrador de esta novela, que escribía "cuentos-de-una-sola-cosa", narraciones que "no tenían nunca una historia", que versaban "sobre una cosa con la que uno tenía que estar familiarizado por los cuentos populares como una parte del entorno o como escenario de la acción", "cuentos solares", "*sol y cosa*, para él bastaba con esto, este era el estado de las cosas"[50]. Que "ahora, en la vejez [...], ya no narra, sólo cuenta"; y así es como habla con su madre, por medio de números. "¿No había dicho aquel poeta antiguo que el número estaba por encima de todas las intrigas?".

¿Qué es lo que enlaza este diario de una semana del mes de abril del año 1985 con el presente ensayo? Ante todo algunas alusiones al hilo conductor que ha dirigido estas páginas. Entre las notas tomadas por Handke el día 2 de abril encontramos una en la que el autor, a propósito de una piedra del lecho de un arroyo –"la piedra musical", que produce un sonido peculiar, "como de un vibráfono"– habla de "la piedra épica", la piedra que habla. En otro apunte, del día siguiente, y con remisión explícita a la piedra musical del día anterior, son las piñas secas las que cantan, calentadas por el sol, una

---

[50] *La repetición*, pp. 195-196. El lector encontrará muchas "narraciones-de-una-sola-cosa", sin historia alguna, en *Ensayo sobre el cansancio* y *Ensayo sobre el día logrado*.

"música chasqueante [...] saltando de una piña a la otra, a veces al unísono".

En este mismo día, en un apunte súbito, sin ilación alguna con lo que se ha leído antes, el escritor contrapone al "narrador *reluciente* –el subrayado pertenece al texto– con "el narrador infantil". A ambos, respectivamente, entre paréntesis, los ejemplifica así: DW, las iniciales de la novela que está escribiendo, *Die Wiederholung*, y Homero. Una pregunta de cuya contestación no me veo capaz y que debo dejar abierta, u ofrecida, al lector: ¿por qué el autor relaciona su novela con "el narrador reluciente" y no el "infantil"? El mismo día, describiendo los árboles de un huerto, anota: "Cada árbol, con sus frutos especiales, como historia". De historia, en una nota del 5 de abril, en relación con un gorrión concreto al que ha asignado el papel de historiador, escribe: "El gorrión, durante un tiempo, está escribiendo historia del mundo". Y justifica tan peregrino aserto con esta "historia-de-una-sola-cosa": un viejo, dejando caer un pañuelo sobre el gorrión, intenta cazar el animal. Más: el día 4, la aparición de una mariposa resulta ser un acontecimiento para Handke: "de vuelta a casa, por fin una mariposa real, el amarillo de este lepidóptero entre el gris de los sarmientos". Es probable que el charco que se encuentra cerca del camino por el que anda el escritor abastezca de agua a animales de distintas especies, a juzgar por el hecho de que, probablemente dirigiéndose a él, se han cruzado en su marcha un jabalí hembra y sus cachorros –¿habrá visto el autor dirigirse a él otras especies de animales?–.

Detalles y más detalles, minucias y más minucias. Aquello en lo que nadie se fija; lo que pasa inadvertido para todo el mundo excepto para nuestro autor. Algo que hemos visto ya varias veces a lo largo de las páginas de este libro.

Hablemos ahora de arte, del arte presente a los ojos del caminante. El cuadernillo termina con dos páginas sobre los frescos de Santa María del Monte de Pietà. Vale la pena que nos detengamos en estas. Pero antes señalemos que nuestro autor ve también arte en lo que para el común de los mortales no lo es. Arte o algo más que la mera materialidad del mundo vegetal: en la segunda línea de la primera página de este diario, Handke, proponiéndose describir con detalle un huerto forestal, lo califica de "monumento a mis nobles ancestros". Tres líneas más abajo, califica el huerto entero como "obra de arte total". En la página siguiente, ve las ramas de los árboles "como testigos de los antepasados".

Volviendo a los frescos del pintor Giulio Quaglio de la iglesia que acabo de mencionar: las observaciones de Handke sobre lo que ve en ellos, lo más opuesto a las de posibles "historiadores del arte" –expresión que muy probablemente rechazaría–, en busca de fechas, estilos o influencias. Aquí se habla de la "ironía interior" del evangelista Mateo, un hombre canoso "que coge con los dedos la llama de una vela que un ángel le alcanza"; de la sonrisa amable de Marcos, "que escucha atentamente lo que le dice el león que está tumbado en el suelo", lo que contrasta con "la seriedad de Lucas, que se ha unido a él". Sobre la Pasión de Cristo y los verdugos que han participado en ella, leemos también observaciones "psicológicas" de interés: mientras uno está atando al prisionero y los otros cuatro se aplican afanosos en clavarle la corona de espinos, otro muestra "un rostro de aflicción". La imagen del Resucitado que se ve en el tímpano de la catedral de Udine es también divertida: "con una patada ha lanzado la lápida mortuoria, que ha quedado flotando en el aire".

Dos motivos recurrentes en la obra de Peter Handke, "la ventana ciega" y el nuevo vocabulario propuesto por el autor, algo que encontramos innumerables veces en sus libros de notas[51], lo encontramos también en este pequeño cuaderno: "Verbo para los gorriones: visitan".

El viaje de Peter Handke del 2 al 9 de abril de 1985 (entre paréntesis, el día del mes de abril).

[51] Por ejemplo, en *Ayer, de camino*.

9. FRAGMENTOS DEL CUADERNO DE VIAJE DE HANDKE

2. April 1985 (im Obstgarten)
Der verfallende Obstgarten, das Denkmal meiner edlen Ahnen; jeder Baum, von Flechten grau zwar, aber in der Form, Gesamtheit ein Kunstwerk, und der ganze Obstgarten das "Gesamtkunstwerk";

2 de abril de1985 (en el huerto)

El huerto cayéndose, el monumento de mis nobles ancestros; todos los árboles, grises, por los líquenes, no obstante, en la forma, el modelado, una obra de arte, y todo el huerto la “obra de arte total”;

„Sprechen" des Bachs an den großen, rundlichen Steinen, der Glimmerweg neben dem Bach

Cómo habla el arroyo al pasar por las piedras grandes, redondeadas, el camino destellante que pasa junto al arroyo.

Äste als die Bezeuger der Urefahren, die gewinkelten

ramas, como los testigos de los antepasados, formando ángulos

jeder Baum mit seinen besonderen Früchten als Geschichte; der Baum im Baum

cada árbol con sus peculiares frutos, como historia, el árbol en el árbol

Der Musikstein im Bach, der epische Stein im Bach; an seinen Kanten das seltsame Vibraphonieren (Stift Griffen)

La piedra musical del arroyo, la piedra épica del arroyo; en las aristas de sus cantos el sonido extraño del vibráfono (monasterio de Griffen).

3. April 1985 (Triest) Die Nacht allein auf dem Vulkan, in unendlicher Ferne fast von aller Menschheit; ich kam lebend herunter, zwischen den Flammen, die aus den Schlacken blakten, aber in der Ebene schien kein Weg mehr zu einer Menschheit zurückzuführen (Jetzt Bora, Strahlender Tag)

<u>3 de abril de 1985</u> *(Trieste)*

La noche solo en el volcán, casi a una lejanía infinita de toda humanidad; descendí al atardecer con vida entre las llamas que salían de las escorias, pero en el llano no se veía ya ningún camino que volviera a llevar a una humanidad (ahora bóreas, día lleno de luz).

am Lago di Doberdob: die knackende Musik in den trockenen Kiefernzapfen in der heißen Sonne (und gestern der Musikstein im Bach), springend von einem Zapfen zum andern, manchmal unisono.

junto al lago de Doberdob: la música chasqueante de las piñas secas en el ardiente sol (y ayer la piedra musical del arroyo), saltando de una piña a la otra; a veces al unísono

Der See von Doberdo: die Schüsse im Exerzierfeld, und die Schreie der Wasservögel und der Geruch am Ufer (nach dem Schwimmen besonders würzig – nicht modrig).

El lago de Doberdob: los disparos en el campo de tiro y los gritos de las aves marinas y el olor en la orilla –especialmente aromático para nadar– sin limo

Die halbversunkene Barke; die Keilschrift der Schilfhalme, die seltsame Rhythmik, Winkeligkeit; der Fußsteig, sichtbar am Grund des Sees (ich schwamm ihn kurz entlang, am Westufer).

La barca medio hundida; la escritura cuneiforme de los tallos de los juncos, el extraño ritmo, línea quebrada, el sendero, visible en el fondo del lago (nadé en él por unos momentos siguiendo la orilla oeste).

4. April 1985 wieder der Faden im blauen Himmel (gestern am See von Doberdob): "der Geist der Wiederholung";
das Mädchen wartend vor dem Bahnhof von Monfalcone in der Abendsonne, ihr Immer-schöner-Werden mit dem Warten, deutlich ihr Ohrring aus der Ferne, samt Schatten an der Bahnhofswand, endlich nahm sie die Sonnenbrille ab, schön unsichtbare Augen, nur Form, dunkles kurzes Haar, im Gesicht klare Blässe

4 de abril de 1985 de nuevo el cielo azul (ayer junto al lago de Doberdob); "el espíritu de la repetición";

La muchacha que espera delante de la estación de Montfalcone al sol del atardecer, cada vez más bella conforme va esperando, claro su pendiente desde la lejanía, junto con la sombra en la pared de la estación, al fin se quitó las gafas de sol, ojos bellamente invisibles, sólo forma, cabello corto oscuro, en el rostro clara palidez

von der Sonne beschienen,
war ich selber die Sonne. Wind
und Sonne in der Doline, spür-
bar am Körper, an einer be-
stimmten nackten Stelle, "Groß-
ereignis";

Iluminado por el sol, yo mismo era el sol; viento y sol en la dolina, se pueden sentir en el cuerpo, en una determinada parte desnuda, "gran acontecimiento"

die flatternde Wäsche als
"Vorschau" des Meeres in der
Karstwüste;

La ropa blanca ondeando al viento como "anuncio" del mar en el desierto del Karst;

die von Schritt zu
Schritt wechselnde Temperatur,
je nach Sonneneinfall, an den
Kalksteinen (beim Übersteigen
der Dolinenmauer); braune
Karsthühner (gestern die weißen
mit den flauschigen Beinen);
getauft an den Haarwurzeln
kühl, vom Karstwind. die
Harkgeräusche als die Arbeits-
geräusche des Karstes. Einblick
in einen Hof wie in eine eigene
STADT, eine eigene Wirtschaft.

A cada paso la temperatura que va cambiando según el ángulo de incidencia del sol en la piedra caliza (al salir, pasando por encima del murete de la dolina); pollos de color marrón del Karst (ayer los blancos, con las patas mullidas); bautizado hasta las raíces de los cabellos por el frescor del viento del Karst; los ruidos de los rastrillos como los ruidos de trabajo del Karst; la mirada al interior de una casa de campo como en una CIUDAD, una taberna propia;

Der Spatz schreibt Weltgeschichte,

eine Zeitlang (auf der Giudecca, am Karfreitag) [der verirrte Spatz, vom alten Mann mit einem Taschentuch beinah gefangen; er ließ das Taschentuch über den Spatzen fallen]

(6 de abril de 1985)

El gorrión escribe historia universal, durante un tiempo (en Giudecca, Viernes Santo) [el gorrión que se ha perdido, casi cogido por el viejo que deja caer el pañuelo de bolsillo sobre él]

Im Karst hat PK das Durch-atmen gelernt (ich zum Beispiel habe heute an der "langen Lache" von San Michele zum ersten Mal durchgeatmet, das Gefühl des ziehenden Wassers an den nackten Fußsohlen

7 de abril

En el Karst PK ha aprendido a inspirar profundamente (yo por ejemplo hoy he inspirado profundamente por primera vez junto al "largo charco" de San Michele, la sensación del agua que fluye junto a las plantas de los pies desnudos

CODA (Y RECAPITULACIÓN)

para M.T.

"A mí lo que más me gusta son los prados verdes y aprender vocabulario". Así es como, en un pasado lejanísimo, empezaba la redacción de una niña de nueve años, alumna de una entonces colega mía, cumpliendo con la tarea asignada de escribir sobre "¿Qué es lo que más te gusta?".

Los prados verdes y el aprendizaje del vocabulario. ¿Qué le habrá ocurrido a esta niña con sus dos peregrinos "objetos del deseo"? Me temo que, si Dios no lo ha remediado, nada bueno, o por lo menos nada acorde con lo que invita a desear esta frase feliz. En las reflexiones que siguen me propongo dejarme guiar por los dos motivos de esta insólita copulación.

No hemos salido de Peter Handke. Lo de "los prados verdes" es algo absolutamente handkeano. Forma parte de "El Reino de la Tierra", tan citado por él; "el reino no descubierto que tenemos al lado, los reinos no descubiertos".[52] Sobre el aprendizaje del vocabulario hablaré enseguida. Sin embargo, para nuestro autor, esto de ver "los prados verdes" no parece tan fácil. En uno de los apuntes de su libro de notas *Fantasías de la repetición* (1982), hemos leído:

---

[52] Véase *De noche…*, p. 338.

No olvides que lo que está cerca, lo verde y las hojas que se mueven están al otro lado del muro del pecho: el muro de la cháchara dirigida a ti y de tu propia cháchara.

Recordemos también que uno de los propósitos de Sorger, el protagonista de *Lento regreso*: cuando vuelva a Europa después de su "purificación" epistemológica, lingüística y moral en "El Gran Norte" (Alaska), va a ser "visitar los espacios de la infancia".

Pasemos ahora a lo del "aprendizaje de vocabulario". Sin duda, una bendición. Así debió de vivirlo aquella niña: la adquisición de nuevos mundos, el enriquecimiento de la experiencia. Pero para nuestro autor la cosa tampoco está tan clara.

Con los bebés de pocos meses, cuando ya saben "manejar las manos", se hace a veces este juego: coger un objeto y dárselo a la mano del infante; luego recibirlo de la mano de este, y así sucesivamente. En una ocasión vi a una madre que, al recibir el objeto, contestaba: "¡gracias!". Con este juego se introduce al futuro adulto en dos de los invariantes del mundo en el que va a vivir: el de dar y tomar y el de lo debido y lo graciable. Quedémonos en el primero de estos invariantes.

En este ser humano en ciernes esta operación de dar y tomar, con el "aprendizaje del vocabulario", se va a diversificar del siguiente modo: por lo que hace al dar, "regalar", "prestar", "vender", "otorgar", "ceder", "legar", "dispensar" (las farmacias), "alcanzar", etc.; por lo que hace a la operación de tomar, recibir: "comprar", "adquirir", "heredar", "robar", "expropiar", "incautar", "requisar", etc.

Volvamos a Peter Handke. En el libro de notas *De noche...* leemos:

> ¿Mi ambición? Saber cada vez menos –¿ambición?
>
> Sabiduría no viene de saber.
>
> De tanto mirar (lo que hay y lo que pasa), no entender ya nada. Mirar hasta que yo no entienda nada (ideal).
>
> Muchos nombres ya no me vienen a la mente –por fortuna.

Mirar hasta no saber nada; saber cada vez menos; alegría de no saber; sabiduría sin saber;[53] la fortuna de que a uno cada día le lleguen menos denominaciones de las cosas y las personas: ¿qué pasa con el aprendizaje de palabras que tanta felicidad le deparaba a la niña?

Peter Pütz, en su ensayo *Peter Handke*,[54] da la razón a pensadores y lingüistas que critican esta actitud del autor austríaco ante el saber y la lengua. Señala que esta tesitura llevaría al solipsismo y haría imposible la intersubjetividad. El germanista alemán zanja esta cuestión, que, dice, le llevaría muy lejos,

---

[53] En *La mujer zurda*, Marianne, a la pregunta de Franziska: "¿No anhelas para nada tener a alguien que sea tu amigo, en cuerpo y alma?", responde: "¡Oh, sí! ¡Oh, sí! Pero me gustaría no saber quién es, quisiera no llegar a conocerle nunca" (pp. 70-71). En *Lento regreso*, Esch, después de solicitar la atención de Sorger, le dice: "No crea usted que voy a hacerle preguntas. No quiero conocerlo" (pp. 170).

[54] *Peter Handke* (Suhrkamp, Frankfurt, 1982), pp. 28-29.

con esta feliz observación: "Probablemente con las primeras, necesarias, generalizaciones entró el pecado en el mundo". Pero a continuación añade que "si la distinción que entrañan palabras como 'piedra', 'oveja', 'número' supuso un importante paso en la toma de conciencia del ser humano, las palabras 'judío', 'Gastarbeiter' [trabajador invitado] u 'homosexual', son fruto del 'árbol del conocimiento'"[55]. Las primeras, inevitables generalizaciones, es decir, el pecado original, lo que expulsó al ser humano del paraíso. Y, como veremos, con esta última observación estamos también muy cerca de Peter Handke.

Prestemos atención ahora a dos términos gramaticales que hemos aprendido en la escuela primaria y sobre los que, probablemente de puro obvios que nos resultan, no hemos reflexionado: "nombre común" y "nombre propio". Se impone, o por lo menos debería imponerse, esta pregunta: ¿común a qué?

Intentemos contestar a esta cuestión: común a todo lo parecido, a todo lo comparable con aquello que designamos con este sustantivo.

Comparar, hablar de una cosa refiriéndose a otra. Ya hemos visto cómo en el "juego lingüístico" "Augurio", del año 1967, Peter Handke sueña con un futuro en el que "las rosquillas se venderán como rosquillas", "los lirones dormirán como lirones", etc. Hemos visto también cómo el yo-narrador de *La repetición*, sin duda el autor de esta novela, en "un sueño ligero,

[55] No olvidemos que se le ha llamado también "el árbol de la ciencia del bien y del mal".

luminoso y nítido", ve cómo "los viejos eran viejos, las parejas eran parejas, los niños eran niños", etc. Hemos visto también cómo, unos años después, en el *Ensayo sobre el día logrado*, Handke nos dice que en tal día "las montañas de Castkill deberán ser las Castkill, torcer hacia el área de descanso será torcer hacia el área de descanso, el periódico del domingo será el periódico del domingo, el atardecer será el atardecer".

La generalización –la entrada del pecado en el mundo, para Peter Pütz– es fruto de la comparación. El juego lingüístico de Handke que acabo de mencionar es un alegato contra la comparación. En el volumen antológico *Ich bin ein Bewohner des Elfenbeinturms* (*Soy un habitante de la torre de marfil*) encontramos un artículo de 1968 titulado "Teatro y film: Miseria de la comparación". En él leemos:

> Pascal dijo más o menos: "Toda la miseria proviene de que uno cree siempre que tiene que compararse con lo infinito". Y otra miseria –esto no lo dijo Pascal– proviene de que uno cree *que tiene que comparar* [el subrayado es de Handke]. ¿Qué pasa con esta adicción a compararlo todo? (Y a esto lo llamo yo adicción). ¿No provendrá primero y ante todo de la incapacidad de distinguir los detalles? ¿Y qué pasa además que, al comparar, lo que uno está haciendo es valorar? ¿No será que lo que uno está haciendo es valorar porque con la comparación uno no percibe el objeto "*de*valorado", que con el gusto vacío por la comparación está mirando de un modo ciego y, de puro desvalimiento, cuando no puede percibir el objeto, resbala inmediatamente en la comparación?

Desde los primeros años 60 del siglo pasado hasta la actualidad encontramos en la obra de Handke este empeño en el cuestionamiento de la lengua y en su purificación, hasta extremos cercanos al silencio, a la unión mística incluso. Veámoslo con algún detalle.

Ante la imposibilidad de detenerme en todas las obras del autor austríaco, con el riesgo de prolongar excesivamente estas consideraciones y aburrir al lector, decido centrar las reflexiones que siguen en la novela *Lento regreso*, uno de los libros más importantes de Handke. Desde su publicación, en dietarios y en las entrevistas que ha concedido, Handke se ha referido con frecuencia a esta novela y a la intención que la preside.

La traducción exacta del título alemán, abreviada hasta cierto punto en su versión castellana, sería: *Lento regreso al hogar.*[56] Este "hogar" es la meta que está presente no sólo en este libro sino en todo el *opus* del autor: un nuevo comienzo que podría depararnos un futuro en el que se ha dejado atrás el gran extravío que se ha producido en nuestro infortunado pretérito.[57]

---

[56] He optado por esta versión abreviada; véase la nota 41.

[57] En el discurso de Nova –atención al nombre de esta figura– con el que termina el "poema dramático" *Über die Dörfer* (Suhrkamp, Frankfurt, 1981) (*Por los pueblos.* Alianza Ed., Madrid, 1985, trad. de E. Barjau) este personaje dice: "Que lo que ha ocurrido entre vosotros haya sido el último drama, que lo que se ha dicho quede como no dicho" (pp. 96-97). Esta obra teatral la ha considerado Handke como el último libro de la tetralogía que lleva como título el de la novela: *Lento regreso*. Las otras tres son: *Die Lehre der Sainte-Victoire* (Suhrkamp, Frankfurt, 1980; *La doctrina del Sainte-Victoire,* Alianza Ed., Madrid, 2018), *Kindergeschichte* (Suhrkamp, Frankfurt, 1981; *Historia de niños,* Alianza Ed., Madrid, 1986, trad. de J. Deike).

Todo ello estaría ligado estrechamente con la "disolución de los conceptos" que Peter Handke, en su discurso del año 1973, vinculó estrechamente con "el pensamiento poético". Ello comportaría la creación de una nueva lengua que entrañaría un modo distinto de ver, de hablar, de vivir y de relacionarse con el otro –"el Divino Otro", del que se habla en esta novela–[58].

Sorger, un nombre que en alemán viene a significar algo así como "el cuidadoso", "el preocupado", es un geólogo europeo –no es posible deducir su nacionalidad– que se ha trasladado a América, al "Gran Norte" (Alaska), con la intención de iniciar una nueva etapa de su vida, algo que, como motivo recurrente en la obra de nuestro autor, hemos visto ya en varios de sus libros. Como he dicho, la renovación a la que aspira Sorger viene a ser un *itinerarium* de purificación a la vez que epistemológico, lingüístico y ético: tres dimensiones que están estrechamente ligadas y cuyo resultado ha de ser la metamorfosis, casi la "salvación", del protagonista de esta novela.

El viaje del geólogo Sorger y su estancia en el "Gran Norte" imponen un rechazo de su especialidad; deben llevarle a la contemplación activa de nuevas formas de la Tierra, a un nuevo vocabulario para estas y en algunos casos incluso a la identificación física con la historia del planeta de la cual son testigo.

En su afán por encontrar lo nuevo, lo no contaminado por ningún nombre de la historia de Europa ni por ninguna visión

---

[58] En su libro de notas *De noche…* (2016), Handke se refiere a este "Divino Otro" de su novela de 1979 (p. 312).

condicionada por esta, por ver lo inadvertido por su especialidad –"sin las esquematizaciones y supresiones que en su disciplina científica eran ya habituales"–, vemos al protagonista de esta novela empeñado en la búsqueda de lo que ocurre una sola vez –y que por tanto se resiste a toda comparación y para lo que no hay "nombre común" alguno–, de lo que ni siquiera la memoria puede retener.

Todo ello va a determinar una transformación personal que se manifestará, entre otras cosas, en una nueva manera de relacionarse con los demás. Sorger, consciente de esta nueva relación con los otros, llega incluso a ver como una estafa el hecho de que algunas veces se haya dejado abrazar por alguien.

En una nota de *De noche...*, de 2016, es decir, 37 años después de *Lento regreso*, Handke sigue acordándose de esta novela y de lo que para él supuso la metamorfosis de su protagonista; en un texto de este libro de apuntes, en unas líneas que ya hemos leído en nota y que en las páginas recapitulatorias de esta coda me permito citar de nuevo, se lee:

> Inútil ir arañando la puerta de los cielos. Esto es lo que yo pensaba de la vida cuando era joven y carecía de esperanza. Y luego esto no ha sido así en absoluto, gracias a los otros –al "Divino Otro"–, como me he atrevido a escribir en *Lento regreso.*

¿Quiénes son los otros en esta novela de Peter Handke? Aparte de los indios de la colonia, de los que hablaré ahora, son estos: "la india", la familia de vecinos de un apartamento que Sorger tiene en "la ciudad de la costa occidental" y en el que vive unos días antes de su regreso a Europa, y Esch, un hombre que el protagonista encuentra casualmente en el aeropuerto en el que va a tomar el avión que le llevará al viejo continente y con el que, retrasando un día su viaje, pasará unas horas.

La relación de Sorger con los indios del "Gran Norte" fue cambiando a lo largo de la estancia de este en su nuevo "lugar de trabajo". De ser ellos una raza a veces hostil y él una persona *non grata* en su país, acabaron dando "la imagen de una comunidad indestructible, viva e incluso a menudo alegremente relajada" [...] "en sus eslóganes y maldiciones contra 'los blancos', en el último en quien pensaban era en él".[59]

"La india" es la enfermera de la colonia de "El Gran Norte"; también la que distribuye los medicamentos a sus pacientes. La relación de Sorger con ella es lo más alejado de lo que el lector pueda imaginar como un amor ocasional o de lance.[60]

---

[59] *Op. cit.*, pp. 56-57.

[60] Esta relación novelada parece tener un fundamento biográfico. En *Ensayo sobre el jukebox* (Alianza Ed., trad. de E. Barjau), en unas páginas sin duda autobiográficas a pesar de que están escritas en tercera persona, Handke, en relación con unas Navidades pasadas en Anchorage (Alaska), habla del encuentro con una india en un bar: "En medio de la tenue luz y del barullo de los borrachos, junto a los destellos del *jukebox,* como única figura tranquila, vio a una india. Ella se había vuelto hacia él –su rostro grande, orgulloso, incluso burlón–, y esta fue la única vez en la que él bailó con alguien a los golpes sordos de un *jukebox.* [...] A distancia, sin que ellos se hubieran tocado el uno al otro, a no ser en la levedad del contacto del baile, ella le invitó a seguirla [...] Y en este momento a él se le hizo claro que en su vida al fin era posible una decisión no imaginada por él sino por alguien que no era él: además, inmediatamente pudo imaginarse yendo con aquella extraña más allá de la frontera, allí, entre la nieve, totalmente en serio, sin regreso, abandonando incluso su propio nombre, el tipo de trabajo que hacía, cada una de sus costumbres [...] y, en el momento siguiente, la

La ha conocido en un bar cercano al supermercado. Ella lo ha sacado a bailar y le ha enseñado los pasos. De ella lo que le atrae de un modo especial es "la tersura de su piel" y "su bienquerencia contagiosa". A su lado él se encuentra "en el grado justo de ausencia para seguir unido a ella de un modo permanente". Va a verla a su casa. Desde fuera, a través de la ventana, Sorger ve la "frente redondeada" de esta mujer como una señal de bienvenida. Su rostro hace presentir una "hermosa vejez"; "mirándola, abandonándose a ella, se ve transformado de un modo decidido en la máquina de fabulación de ella", que es lo mismo que le ocurre a ella con él. Los hijos de "la india" duermen en una habitación por cuyas paredes corren las sombras de los arbustos que se mueven fuera. Es una habitación que parece separada de las del resto de la casa, como si para ellos fuera un refugio al que nadie más tiene acceso.

De vuelta a Europa, desde el avión que lo lleva a "la ciudad de la costa occidental" donde hay un Instituto de Geología y en la que ha pasado unos días, el protagonista, a la salida del sol, viendo "el follaje amarillo alegre de un único abedul", se acuerda de "la india": "allí abajo hay una mujer a la que quiero".

En su estancia en esta ciudad, lo primero que le llama la atención de la familia de vecinos de su apartamento es que está formada por "seres inocentes", y que esta inocencia "se transmite a los otros". La inocencia es para Sorger su "manera de ser

imagen, la mujer, había desaparecido, en la noche nevada". Más adelante Handke cuenta cómo diez años después, antes de volver a Europa desde Japón, hizo escala en Anchorage y fue a ver aquel bar, que de *saloon* se había convertido en *bistro* (pp. 73-74).

buenos". El marido, un ser a la vez "obsequioso y desvalido", pero que a veces, "de un modo insospechado, con sólo su mirada, era capaz de hechizar a los otros". Ella era "una persona libre de las coacciones semánticas de las opiniones al uso". En relación con esta pareja, Sorger siente que es "literalmente inimaginable que algún día tengan que morir". Sobre esta familia, en una frase un tanto ambigua, con un adjetivo sólo aparentemente neutro, Handke quiere decirle al lector algo que es crucial en su pensamiento: eran una familia "que llevaba una vida posible". (Me atrevo a prolongar esa última frase con este añadido: una posibilidad tan real como insospechada, hasta tal punto "las coacciones semánticas de las opiniones al uso" condicionan de un modo tiránico el vivir de los humanos. Recordemos lo que páginas atrás hemos visto en relación con *La cabalgada sobre el lago de Constanza*).

Sorger tiene una relación especial, insólita, con los miembros de esa familia: coge a los niños en brazos, los levanta en alto, los lleva a la cama; ellos le comunican secretos que incluso sus padres desconocen.[61]

---

[61] Peter Handke, entre otras cosas, dice esto de su personaje y de la relación de este con la familia de vecinos: "Sorger experimentó el placer de la seguridad"; "veía la muestra poligonal del pan blanco como si fuera de la naturaleza"; pensaba que "cada frase que dirigía a los demás [...] le ayudaría a añadirse otra vez al mundo de los hombres"; que "su vida personal y limitada era acogida en los rasgos del rostro de la humanidad"; que "a la luz clara de esta velada [la última vez que el protagonista estuvo con sus vecinos] cada cosa encontraba su sitio en una profundidad especial". El autor pone en boca de su personaje frases como estas: "para mí son ustedes gente deliciosa"; "en Europa echaré de menos sus camisas de lana a rayas"; "por favor, no me olviden"; "quisiera volver a estar pronto bajo su lámpara" (pp. 134, 135 y 140).

El encuentro de Sorger con Esch –un desconocido que, en el aeropuerto donde aquel va a coger el avión que le llevará a Europa, le aborda sin más porque le ha visto "tan bien dispuesto" y le pide que "le dedique un poco de su tiempo", añadiendo que no tema, que "no quiere conocerlo", que "no le va a hacer ninguna pregunta"– puede verse también desde la perspectiva de la transformación que el protagonista de la novela ha experimentado en el "Gran Norte". Ambos personajes se encuentran en un bar. En un momento determinado sus rostros se funden en uno.

La "india", los vecinos de "la ciudad de la costa occidental", Esch. Desde esta nueva situación, Sorger cobra consciencia de la transformación que se ha operado en él durante su estancia en "El Gran Norte". No se explica cómo antes "hubiera podido tener ningún encuentro con alguien". De vuelta a Europa "se atrevió incluso a pensar en su hijo". Se dice a sí mismo: "si lo vuelvo a ver lo adoraré".

Estos podrían ser los pasos que llevan al protagonista a la deseada unión con lo contemplado. Para empezar, la desconfianza ante la lengua, expresada –¿de qué otro modo si no?– con la lengua. Luego el silencio, el silencio por suspensión que parece preceder al nuevo bautismo de las cosas; a este sigue el imperativo de la contemplación, de la contemplación no de lo buscado, sino de lo que uno encontrará de un modo imprevisible. Recordemos al Wilhelm Meister de *Falso movimiento*: emprende un viaje no para escribir sobre lo que le *einfällt* ("le caiga dentro", se le ocurra) sino sobre lo que le *auffällt* (le choque, le llame la atención: "le caiga encima"). Recordemos las citas de *De noche...* que hemos reproducido al comienzo de esta coda.

Pero la palabra es aún posible. Lo vemos en *Lento regreso*. Puede surgir, renovada, cuando el que va a hablar, aquí Sorger, ha cobrado conciencia del "carácter civilizado y familiar del planeta Tierra", al atribuir a la fuerza centrífuga provocada por el movimiento de rotación del planeta la disimetría que observa entre las dos orillas de un río, más escarpada la una que la otra. También en momentos de calma que deparan el olvido de todo lo que ha ocurrido y de todo lo que se ha dicho; en los que se hace real "la posibilidad de un esquema completamente distinto para representar los acontecimientos temporales en las formas del paisaje". En los momentos en los que es posible "decirlo todo con palabras: *noche*, *ventana*, *gato*". Cuando ocurre tal cosa, Sorger siente el frío y el viento "como una bendición para los bronquios". Sorger –que extasiado ve desde el avión, como si fuera un rostro humano, lo que ocurre sólo una vez, lo que ni la memoria puede retener, porque está cambiando continuamente– siente como "inquietante la ausencia total de nombres para cada una de las incontables formas que allí había", unas formas que "parecía que estuvieran pidiendo a gritos un nombre". Cuando Sorger se ve nadando en un río sin nombre, "sumergiéndose y bañándose en él con una inmensa felicidad" y al proferir las palabras "hermosa agua", se da cuenta de que "acaba de bautizar el río".

Pues bien, hay algo después de esta "nueva palabra", algo que le puede deparar al contemplador una experiencia cercana a la unión mística con la cosa contemplada. Recordemos que en *Fantasías de la repetición* nuestro autor apuntaba: "Contemplación significa: me incorporo a la cosa y esta me hace feliz".

Dos años después de esta nota, Peter Handke, en *Historia del lápiz,* habla incluso de algo más que de felicidad: de "salvación".[62]

En *De noche...*, Handke insiste en este motivo. En clave autobiográfica encontramos esta declaración de nostalgia:

> ¡Qué tiempos aquellos en los que yo, en las noches de otoño, era una sola cosa con el susurro de los árboles![63]

En el mismo libro, también en clave autobiográfica, el autor se compara con Keats:

> Variante de lo que dice Keats: "avanzo a saltitos como los gorriones en la hierba": "Verdeo con el verdear en lo verde".

Pues bien, no se trata sólo de situaciones "teóricas", inventadas por el autor: recordemos que en el cuadernito de diario de abril de 1985, Handke considera "un gran suceso" la sensación que tuvo el día 4 de este mes cuando, al sentir en las partes desnudas de su cuerpo el calor del sol, se sintió identificado con ese astro.

Antes he citado una anotación del libro *De noche...* en el que el autor expresa una aspiración: de tanto mirar y mirar, acabar no sabiendo ya nada. Hemos visto también al autor

---

[62] *Die Geschichte des Bleistiftes* (Suhrkamp, Frankfurt, 1985). *Historia del lápiz* (Península, Barcelona, 2003, trad. de J. A. Alemany).

[63] *De noche...*, p. 153.

modificando una frase de Keats y deseando "verdear" con la hierba en la que avanzan dando saltitos los gorriones. En *Fantasías de la repetición*, Handke formulaba el deseo de incorporarse al objeto contemplado. En el diario de una semana de abril del año 1985 encontramos dos "sucesos" de tal identificación. Allí no como resultado de la contemplación sino de la impresión táctil. Se ha abandonado el sentido de la vista, que supone un cierto alejamiento de la cosa contemplada, y se produce una in-corporación –una entrada en el cuerpo– de algo perteneciente al "mundo exterior".

Experiencias del autor. Es lo que le ocurría a su personaje, el protagonista de *Lento regreso*, en su aventura en el "Gran Norte", quien "por unos momentos había sentido en sí la fuerza para lanzarse, como un todo, al luminoso horizonte y disolverse allí para siempre en la indistinción de cielo y tierra".

Volvamos al hilo conductor del presente ensayo: ¿y la narración? ¿Qué tiene que ver todo esto con la narración? Tiene que ver mucho; con la narración abierta, la propugnada por Handke. (Ya lo hemos visto, detrás de la narración cerrada hay un "concepto" que condiciona el contenido, la andadura, las elipsis y el "cierre" de lo que se cuenta).

Unas primeras distinciones: lo que le pasa al hombre y lo que pasa en el hombre. Creo que fue Borges quien dijo que es curioso que todo lo que le pasa a uno le pasa siempre en este momento. Yo cambiaría esa observación por esta otra: es curioso, todo lo que pasa me pasa a mí. Tal vez sería interesante contarlo. Sería una narración "abierta": ¿"la epopeya de la paz"? ¿Por qué no? En todo caso no la de la guerra…

He dicho que puede ser de interés no sólo lo que le pasa al hombre sino lo que pasa en el hombre, en la mente del hombre. Los ángeles de *El cielo sobre Berlín* tienen el privilegio de llegar a esto: "le he comprado una guitarra y ahora quiere una batería, y esto vale un dineral", "sólo tiene la música en la cabeza, el *rock and roll*; a ver si algún día sienta la cabeza", "lo primero que tengo que hacer es ordenar la casa", "alégrate de que te haya olvidado", "cada uno tiene sus preocupaciones", "quizás ella tampoco tenga dinero"… Nada de esto pasará a la historia, ni a los libros, pero sí puede pasar a la narración. El viejo de este filme, Homero, se lamenta: "Todavía nadie ha conseguido entonar una epopeya de la paz. ¿Qué pasa pues con la paz, que no consigue apasionar a nadie por mucho tiempo y apenas se deja narrar?".

Y lo que pasa en la Naturaleza, en el "Reino de la Tierra", lo único que Nova se atreve a prometer a sus oyentes: una hoja de árbol avanzando lentamente por las aguas de un río; una pluma de ave moviéndose al viento sobre las aguas de un gran charco; la primera nevada del año; la nieve cayendo sobre un ramo de flores; la nieve cayendo sobre un panecillo caliente; tres gotas de agua que, de una lluvia que ya ha cesado, han quedado sobre la baranda de un balcón de la casa de Handke y que este, en una carta a su traductor al castellano, dice que, junto con él, le saludan cordialmente. La distinta manera como las manzanas maduran en el árbol según el lugar en el que se encuentre este; la "piedra cantora" que se encuentra en una curva de un arroyo y que, con el remolino que se forma allí, produce un sonido, una canción grata a los oídos de Peter Handke, etc.

Como sea, mejor que: Stalin pactando con Churchill en la Segunda Guerra Mundial; el vicepresidente de los Estados Unidos visitando al magnate chino para hablar de Ucrania; los dos partidos mayoritarios buscando apoyos para la investidura del próximo presidente del gobierno, etc. "El Reino de la Tierra", siempre mejor que el imperio de "la lógica occidental".

Volviendo a la niña que ha puesto en marcha las reflexiones de esta coda: no le augurábamos un futuro en el que le fuera fácil cumplir sus deseos. Para que sus "prados verdes" sigan siendo prados verdes deberá distinguir entre tales prados y las "zonas verdes" decretadas por los Ayuntamientos, el Ministerio de Medio Ambiente o, peor, alguna multinacional. Para seguir con el placer de "aprender vocabulario" deberá saber distinguir entre las palabras aprendidas, aquellas que nos abren una ventana a la realidad, y aquellas con las cuales alguien –¿quién?– ha hecho algo a su favor y, de paso, quiere hacer algo con nosotros. Quizás este libro le lleve a la obra de Peter Handke y se enrole en esta aventura de rescatar las palabras y con ellas se haga digna de poseer "El Reino de la Tierra".

APÉNDICES

I. LA NARRACIÓN Y LA PROPIEDAD

> Bienaventurados los que tienen tiempo
> porque de ellos es El Reino de la Tierra

En las reflexiones que siguen voy a dejarme guiar por cuatro filósofos: Martin Heidegger, Hans Georg Gadamer, José Ortega y Gasset y Xavier Zubiri. Del primer filósofo español concretamente por su "Meditación del marco", aparecida en *El espectador* en 1921. En algunos párrafos me he permitido fingir un diálogo con el autor de este ensayo.

La meditación del filósofo español sobre el marco se centra fundamentalmente en la pintura figurativa. Pues bien, este apéndice, encaminado naturalmente a dilucidar el subgénero literario de la narración, la que propugna Peter Handke, empieza pensando en la pintura. Tales consideraciones, espero, nos abrirán la puerta para reflexionar sobre el tema del presente libro.

La pintura es una "representación" –en alemán *Vorstellung*: "posición delante"– de algo real o figurado. Reflexionemos unos momentos sobre estas palabras. Representar algo es presentar por segunda vez algo que ya ha estado presente; lo mismo que significa el verbo alemán correspondiente, *vorstellen*.[64]

---

[64] El verbo español contiene el infijo *pre-*, "delante", antes del núcleo del vocablo; es posible que se haya producido este efecto: el hablante-oyente advierte la presencia

Representar es, de alguna manera, "repetir", un verbo que proviene del latín *repetere*, que significa "ir a buscar por segunda vez", "ir a buscar lo que ya teníamos".

Tenemos, pues, *re-*, que comporta igualdad: lo que volvemos a tener, después de haberlo ido a buscar, es lo mismo que teníamos antes; y además tenerlo delante –*pre*, en castellano; *vor*, en alemán–. Entre lo que estaba presente y lo representado en un cuadro hay si no una igualdad –pintura realista: Antonio López–, sí una semejanza. Representar es, de algún modo, crear una igualdad.

Pero la segunda fila del patio de butacas de un teatro, por ejemplo, es igual a la primera y, no obstante, no es una representación de aquella. Del mismo modo que lo que se ve en un espejo es igual a lo que este refleja, pero no es ninguna representación.

Ni la segunda fila del patio de un teatro ni lo reflejado por un espejo son una obra de arte. ¿Qué les falta pues? La remisión a algo, real o figurado, que no es lo que estamos viendo. En un cuadro hay una distancia entre lo que estamos viendo y aquello a lo que la pintura nos lleva.

Y aquí aparecen los efectos que produce el arte: la interrupción de nuestra carrera en pos de "las cosas tras que andamos y corremos", para utilizar la bella expresión de Jorge Manrique en las *Coplas a la muerte de su padre*, una fórmula feliz que saldrá más veces en las presentes consideraciones.

---

de este menos que la del prefijo *re-*, "otra vez", que indica el hecho de que lo que se presenta en la representación se presenta por segunda vez.

Ortega, en su ensayo sobre el marco,[65] nos recuerda que este "interrumpe nuestras ocupaciones con lo real". En el mismo ensayo, el filósofo español compara el marco del cuadro con la boca del escenario de un teatro. Años después Hans Georg Gadamer, en *Verdad y método*, nos recuerda que la función esencial de la obra de arte es la de mostrar.

Seguimos con la pintura, un rodeo que debe llevarnos a la narración. Antes, buscando la verdad en las palabras, nos hemos detenido en el lenguaje, en un prefijo alemán y en un prefijo y un infijo castellanos. Hagamos ahora lo mismo con frases bastante frecuentadas en esta lengua y que encierran una verdad que no por ignorada por el hablante deja de expresar una realidad. No es infrecuente que, en el campo, admirando la belleza de lo que estamos viendo, digamos: "parece una postal", "parece un cuadro". Alguien, en una casa rodeada por la naturaleza, nos señala lo que se ve a través de una ventana y nos dice: "¡a que parece un cuadro!".[66]

En un principio, el mundo, la naturaleza, no es algo destinado a la contemplación, a la teoría. Es el ámbito en el que hacemos nuestra vida. Para Heidegger la primera caracterización del "Dasein", el "ser-ahí", el hombre, es la de "estar-en-el-mundo" *–in-der-Welt-sein–*. Para Xavier Zubiri este ámbito es

---

[65] *El espectador* (Ed. Revista de Occidente, Madrid, 1961), p. 442.

[66] Viendo por internet fotogramas de las películas de Theo Angelopoulos, no se me ocurre viajar a estos parajes… Temo una decepción. En otro registro, pero expresando algo parecido, decimos: sólo sabemos lo que es una cosa –o una persona– cuando ya no la tenemos. Antonio Machado: "se canta lo que se pierde".

un repertorio de "instancias" y "recursos" en el que vivimos, en el que vamos siendo lo que nos proponemos ser: para un pastor un río es en primer lugar la imposibilidad de pasar, una "instancia", o una posibilidad de dar de beber al rebaño, un "recurso". La conversión de la "instancia" mar en "recurso" provocó la sorpresa, si no la indignación, de algunos poetas latinos.

Lo cual, después de haberle pedido disculpas al lector por tantas digresiones, me lleva a otro rodeo, a otra consulta a las palabras. El verbo "habitar" proviene del verbo latino *habitare*, que es el iterativo del verbo *habere*, "tener". Es posible que luego se produjera este desplazamiento semántico: poder tener varias veces las mismas cosas. Es lo que ocurre en casa, en el lugar donde "habitamos": el abrigo, que está colgado en el armario, que es donde lo encontraré siempre que quiera; el fogón donde caliento el agua para el té, siempre a mi disposición, etc. En la naturaleza, cuando una parte de esta se ha convertido en el lugar donde habito, el río, donde acostumbro a pescar; aquel árbol a cuya sombra me siento para protegerme del calor del sol, etc. En este sentido, lo contrario de habitar sería viajar, moverse en el espacio. En esta situación no puedo tener repetidamente nada porque todo cambia, todo se marcha.

En lo representado no se puede tener nada; se tenía cuando habitábamos allí: no podemos sentarnos a la sombra de aquel árbol ni pescar en aquel río. En la silla en la que se sentaba Felipe II para contemplar la construcción de El Escorial, los visitantes ya no se pueden sentar; se ha convertido en una "pieza de museo". Lo mismo ocurre con la silla en la que se sentaba Glenn Gould para tocar el piano, expuesta en un museo de

Ottawa. Podríamos decir que ambas sillas están en un lugar intermedio entre el "recurso" silla (real) y la obra de arte. Digo en un término intermedio porque un visitante puede transgredir esta prohibición y sentarse en ellas, lo que no es posible con las sillas re-presentadas –puestas delante por segunda vez– por Van Gogh en el cuadro en el que el pintor nos muestra su habitación en su pensión de Arles.

Esta distinción corresponde a la que existe entre lo que tenemos a mano (*zuhanden*) y lo que tenemos delante de la mano (*vorhanden*): estábamos clavando un clavo en la pared para colgar un cuadro; de repente, el martillo con el que estábamos realizando esta operación se rompe y no podemos seguir clavando el clavo; ya no podemos "manejar" este instrumento, ya no está *a mano*; lo observamos para ver qué ha pasado con él; ahora está *ante la mano*. Hemos salido del comercio habitual con las cosas, la práctica, y ahora está presente ante nosotros *lo que es* el martillo y *qué es* lo que ha ocurrido con él; hemos pasado de la práctica a la teoría (Heidegger).

Tanto en el arte –en este caso la pintura– como en la observación, en la teoría –en este caso la observación del martillo– se da un distanciamiento ante la realidad en la que estábamos. Con una diferencia muy importante: en la teoría, para saber *qué es* lo observado; en el arte, para saber *que es, que existe.*[67]

---

[67] En ocasiones, en Handke se da un paso más. En *Fantasías de la repetición* hemos leído: "Contemplación significa: me incorporo al objeto y este me hace feliz" (p.65). En *De noche…*: "¡Qué tiempos aquellos en los que, en las noches de otoño, yo era una sola cosa con el susurro de los árboles!" (p. 153).

Siguiendo con la pintura y dialogando ahora con Ortega y Gasset: su ensayo "Meditación sobre el marco", decíamos, va a ayudarnos a pensar sobre el arte, aquí la pintura, y a aproximarnos al motivo de la narración.

Ante todo, el parentesco entre el marco de un cuadro y la boca del escenario de un teatro. Sin duda, son comparables. El telón se ha levantado no para "hablarnos de negocios, para repetir lo que en sus pechos, en su cabeza lleva el público", sino para algo radicalmente opuesto a tales negocios. Pero en este punto se hace necesario pensar sobre lo que el filósofo español dice en relación con las "bocanadas de ensueño" y los "efluvios de leyenda" que emanan de lo que el marco del cuadro y la boca del escenario encierran. Son expresiones bellas y estimulantes, pero no especialmente adecuadas para calificar lo que nos ofrecen el cuadro y la boca del escenario. Lo que estamos viendo en lo encuadrado por estos dos marcos es lo que hay o puede haber, lo que pasa o puede pasar; algo que, por "interrumpir nuestra ocupación con lo real" nos depara una posesión de lo mostrado distinta de la que nos ofrecía la realidad. Sobre este nuevo modo de posesión me voy a detener más adelante.

De alguna manera, el que ha visto *Las meninas* de Velázquez "tiene" algo más que el que no ha visto este cuadro. Este "más", si bien de un modo precario, se puede "regalar" a otro, describiendo la escena de la vida de la corte de Felipe IV que el pintor sevillano representa en el lienzo. Lo mismo puede decirse sobre el que ha estado en Nueva York y el que no ha estado. Serían reacciones a frases conocidas, como estas: "¿cómo es?, ¿cómo es?", o: "¡cuéntame, cuéntame!". ¿Qué no daríamos para poder hablar con un astronauta, alguien que ha estado en la Luna, y poderle preguntar sobre su viaje espacial y lo que ha visto en ese satélite?

Acabamos de poner reparos a las expresiones de Ortega sobre las "bocanadas de ensueño" y los "efluvios de leyenda". Vamos a ocuparnos ahora de los "agujeros de irrealidad perforados en la realidad *muda*" del muro[68]. No, no son agujeros. Se trata más bien de una presencia distinta (no me atrevo a calificarla aquí de "precaria") de la realidad. Sin duda que el muro en el que se encuentra el cuadro y al que este "perfora" es un muro real, una realidad "muda". Pero es que la realidad es siempre muda, Don José. Cuando habla, en el cuadro, en el escenario, en la descripción, en la narración, ya no es realidad: es realidad pre-sentada, re-presentada, re-petida; es decir, vuelta a buscar, y encontrada, aunque de otra manera, después de haberla perdido. El muro en el que se encuentra el cuadro es real, sin duda: sirve para que no oigamos lo que se dice en la habitación contigua, para compartimentar los distintos espacios en los que habitamos, etc. Las sillas que Van Gogh pintó en el cuadro que representa su habitación de Arles, lo mismo que la silla de Felipe II o la de Glenn Gould que se exhiben en El Escorial y en Ottawa… no sirven para nada. Si se me permite la expresión, podríamos decir: sirven para que el visitante de estos museos diga: "Mira, en esta silla se sentaba Felipe II

[68] La cursiva no pertenece al texto.

para contemplar la edificación del Monasterio de El Escorial; en esta silla se sentaba Glenn Gould para tocar el piano".

La reflexión sobre el marco ideal propuesto por Ortega en su ensayo, un marco brillante, que rechace la mirada, al igual que la comparación de este marco con la espada del ángel que nos echó del paraíso, nos ayuda a seguir con estas reflexiones. En efecto, la función del marco es separar una realidad de otra. En modo alguno debe atraer nuestra atención. El brillo se opone a nuestra mirada, la hace imposible o cuando menos incómoda. Un marco con adornos, de madera "trabajada" por un ebanista, por ejemplo, podría atraer la atención de un colega e incluso suscitar en él la tentación de la competencia, lo cual le habría devuelto al mundo de "sus negocios" y a "repetir lo que lleva en el pecho o la cabeza". Hemos dicho que el filósofo español compara este marco ideal con la espada del ángel que nos echó del paraíso[69].

¿El paraíso? Ortega convendrá con nosotros en que tal edén no se encuentra en el espacio en que habitamos (recuérdese la etimología de este verbo). ¿No será entonces el arte un intento de volver a este paraíso?

Pues mire, Don José, un muchacho que cuando usted murió estaba estudiando en un internado religioso destinado a

---

[69] Para los objetivos del presente ensayo, lo dicho en páginas anteriores sobre el cuadro, el marco, el muro, la realidad real y la realidad representada me ha parecido suficiente. Sin embargo, a quien le interese un análisis pormenorizado de esta problemática puede leer el libro de Ramón Rodríguez García *Gadamer: comprender la verdad de la experiencia* (Prisanoticias Colecciones, Madrid, 2021), especialmente pp. 58-61.

formar futuros curas, lo que en España se denomina un "seminario menor", y que en 2019 recibió el Premio Nobel de Literatura, se pregunta algo así como: ¿y si no nos hubieran expulsado del paraíso? ¿Y si este edén añorado lo tuviéramos aquí y no nos hubiéramos percatado de ello?

En el discurso final de Nova, en el "poema dramático" *Por los pueblos*, este personaje, esbozando un futuro nuevo que no va a tener nada que ver con el pasado, dice:

> La Naturaleza es lo único que puedo prometeros, la única promesa sólida [...] No es posible esperar lo sobrenatural. ¿Pero no os consuela ver cómo por el agua que corre avanza lentamente la hoja?

Algo sobre el lema con el que encabezo este apéndice. Es una frase que figura en una de las notas de *De noche*... Una cosa está clara: la sentencia habla de la propiedad, la que determinados afortunados, los que "tienen tiempo", es decir, los que viven sin "conceptos", tienen sobre "El Reino de la Tierra". (La alusión, por contraste, al "Reino de los Cielos", que en la concepción cristiana será la posesión de los "salvados", los santos, es aquí evidente).

La relación entre el sustantivo "posesión" y la frase "es de" es clara. En relación con "habitar", hay que recordar lo que hemos dicho sobre este verbo. "El Reino de la Tierra" es posesión, propiedad de "los que tienen tiempo". Una expresión de la que me voy a ocupar de nuevo. Antes quiero fijar mi atención en los sustantivos "posesión" y "propiedad".

Sigamos explorando palabras. Tal examen nos será de utilidad para las consideraciones que siguen. El sentido último del verbo "poseer" proviene de los verbos latinos *posse* (poder), y *sedere* (estar sentado): se está pensando en algo que me concierne sólo a mí, que es sólo "propiedad" mía –"quien va a Sevilla pierde su silla"–. Los demás tienen otras cosas, pero no las que tengo yo. De ahí que pueda tenerlas siempre que quiera. Lo cual, insistimos, ocurre sólo en casa, en nuestro "hábitat".[70]

Conviene que reflexionemos sobre lo que es la posesión, la propiedad. Viene a ser algo así como la prolongación de la persona, con el fin de "poder" más: con la mano puedo hacer muchas cosas, pero para algunas necesito un instrumento, el martillo, por ejemplo, para clavar un clavo en la pared, del que luego colgará un cuadro. Con las piernas puedo moverme en el espacio, trasladarme de un lugar a otro, llegar adonde me propongo ir. Pero si tengo una bicicleta, algo así como la prolongación de mi capacidad ambulatoria, puedo moverme de un modo más eficaz, llegar antes adonde quiero ir o incluso llegar a metas a las que difícilmente podría llegar sin este instrumento. El martillo está en casa, en la caja de herramientas, en un armario que tengo en la cocina; la bicicleta, en el garaje, donde tengo también el coche y los triciclos de los niños.

La propiedad se adquiere por medio de donación (regalo), de compra, de trueque, que es una forma de compra, de hallazgo

---

[70] El sustantivo alemán *Vermögen* –lo que se tiene, la fortuna– contiene el verbo *mögen*, cuyo significado primario es "poder". En castellano decimos que alguien tiene "posibles" para designar que tiene mucho dinero.

(de algo que no pertenece a nadie). Se pierde por deterioro (la cosa se hunde en sí misma de tanto ser usada)[71]; por extravío, salida del hábitat; por alienación, que tiene lugar de distintas formas, aparte de la venta: requisición, expropiación, empeño, robo; según los casos, lo alienado pasa o no a ser propiedad de otro.

Lo cual nos lleva a una disyuntiva que va a ser relevante para lo que sigue: aquella que existe entre la propiedad alienable y la mal llamada propiedad inalienable (mal llamada porque en este último caso el término se usa en un sentido lato, no en el que hemos definido hace un momento). En este caso lo alienado no es una prolongación de la persona sino algo intrínsecamente propio de ella.

Ahora bien, ¿qué tiene que ver todo esto con la narración? Tiene que ver mucho. Antes hemos buscado en algunas palabras la confirmación de nuestras sospechas. Vamos a hacer ahora lo mismo con algunas frases, muy frecuentadas por los hablantes del castellano y de todos conocidas. Vamos a distinguir entre dos grupos: a) el de aquellas en las que se menciona simplemente el hecho de poseer una realidad, aunque en grado menor del que la poseyó el que la narra, y b) el de aquellas en las que, además de esto, el destinatario de la narración puede hacer algo con lo que se le ha contado. Helas aquí:

1. "A la vuelta te lo contaremos".
2. "¡Cuéntame, cuéntame!".

---

[71] Existe cierto paralelismo entre el deterioro de lo poseído (material) y el progresivo olvido de lo narrado.

3. "Hasta ahora no se lo había contado a nadie".
4. "¡Necesitaba contárselo a alguien!".
5. "Ya lo sabía".
6. "No, no lo puedo contar".
7. "Esto no se pregunta".
8. "*No n'han de fer res*" (una frase catalana que, un tanto libremente, se podría traducir así: "A saber lo que van a hacer con ello").
9. "Sí, a ti te lo voy a contar…".
10. "Está olvidado".

1. A un amigo que iba hacer un viaje con nosotros y que, por haber contraído una enfermedad, no va a poder hacerlo. De alguna manera, menor, va a hacer ese viaje.

2. De la película *Danzón*, de María Novaro: Julia (María Rojo) viaja a Veracruz desde ciudad de México para buscar a Carmelo Benítez (Daniel Rergis), compañero de baile, que ha desaparecido de forma inexplicable. No lo encuentra pero, buscándolo, conoce a un marinero guapo y joven con el que tiene un amor pasajero. A la vuelta a la capital reparte pequeños regalos a sus amigas, las cuales, al verla contenta y sonriente, le preguntan si ha encontrado a Carmelo. Ella, sin decir nada, sólo con la expresión del rostro, contesta negativamente, pero insinúa que el viaje no ha sido en balde… Sus amigas, muertas de curiosidad, quieren participar de esta aventura, vivir de algún modo esta historia en forma de narración.

3. De la película *Hiroshima, mon amour,* de Marguerite Duras y Alain Resnais: en un filme sobre la catástrofe de 1945,

la protagonista (Isabel Riva), pasa unos días en la ciudad de la bomba atómica para representar el papel de enfermera. Allí tiene un amor de lance con un joven arquitecto japonés (Eiji Okada). Por la enorme intensidad de esta relación, la protagonista asocia este amor con el que tuvo quince años antes, de veinteañera, en Nevers, con un soldado alemán, justo en los días en los que Francia celebraba alborozada su liberación de las tropas nazis. Aquel amor terminó repentinamente con la muerte del soldado, abatido por un francotirador, lo que acarreó a la desesperada muchacha, "la vergüenza de la familia", el castigo de que la pelaran al cero y la escondieran en la bodega. El padre, farmacéutico, cerró la farmacia para fingir que su hija había muerto. La protagonista le cuenta esta historia al arquitecto japonés. En una secuencia de este filme conmovedor, el arquitecto le pregunta a su amante –antes, ambos se han declarado felices en sus respectivos matrimonios– si su marido sabe la historia de ese amor de juventud. Ella contesta que no, que él es el único a quien se la ha contado. El joven japonés se levanta y la abraza. Él es el único que posee, en versión menor, narrada, la realidad de aquel amor juvenil.

4. Fue tan interesante este viaje, supuso tanto para él, que quiere narrarlo para, de algún modo, repetir aquella realidad contándola.

5. Un reproche, un "corte" casi. Parecido a aquel del que seríamos objeto si, al querer regalarle un libro a un amigo, este, en lugar de disimular amablemente, nos dijera que ya lo tenía.

6. Fue tan terrible aquello por lo que me preguntas, que contándolo lo revivo. Ya que no puedo olvidarlo, que es lo que yo quisiera, por lo menos no quiero revivirlo narrándolo.

7. Por ejemplo: "¿cuántos años tiene usted?", o peor: "¿es usted virgen?". (Son preguntas que en nuestra cultura sólo se permiten a médicos, psicoterapeutas y –*¡hélas!*– sacerdotes). Es algo tan mío, tan íntimo, que sólo me pertenece a mí.

8. Un caso claro de las precauciones que se deben tomar por el hecho de que "saber es poder".[72]

9. Aparte de lo dicho sobre el punto 8, la frase puede tener esta otra interpretación: "No eres digno de que te regale esto".

10. A alguien que nos ha ofendido y que nos pide disculpas: "Sé esto que me has dicho o me has hecho, pero no voy a hacer nada con ello; va a ser como si lo hubiera olvidado".[73]

¿En qué medida se puede decir que el destinatario de la narración posee lo narrado? Pues bien, una cierta equiparación entre oír contar y tener está, a mi entender, plenamente justificada. Veámoslo con algún detalle.

Lo narrado se compra y se vende, se regala, se trueca –"tú me cuentas esto y yo te contaré eso otro"–, se pierde (el olvido) –algo, como hemos visto en el punto 10, de algún modo paralelo al deterioro de algo material poseído–, se retiene –"esto no se lo cuento a nadie"–, se roba –sonsacándolo o

---

[72] Algo cercano al consejo que se formula con este pareado: "Estando en comunidad no muestres tu habilidad". En el libro de notas *De noche...* leemos: "Saber es poder. No en mi caso".

[73] Las frases 1, 2, 3, 4, 5, 6 y 7 pertenecen al grupo a; las 8, 9 y 10, al grupo b.

por medios violentos–. La única diferencia que hay entre la posesión de algo material y la de algo narrado es que, en este último caso, al pasar de un dueño a otro, el primero no pierde esta propiedad.

Pero debemos seguir pensando sobre la propiedad de algo material. Nos seguirá siendo útil para entender la posesión de lo narrado.

Refiriéndonos a la primera de estas posesiones, hay que señalar que hay dos tipos de propiedad, algo que para el tema central del presente ensayo va a ser relevante: la posesión tranquila y sosegada y la posesión inquieta y nerviosa. Y esto último está estrechamente vinculado con lo poseído estable y duradero y lo poseído abierto a la sustitución, en no pocas ocasiones una sustitución continuada y que se ha hecho casi inevitable. Al primer grupo pertenecería, por ejemplo, la ventana, a la que puedo asomarme siempre que quiera; el cuadro que compré a tan buen precio en aquella subasta, que tanto me gusta y que miro con frecuencia; el "beato sillón" en el que me siento habitualmente –no olvidemos la etimología de esta última palabra–, cuya presencia, "con la invocación en masa a la memoria", "corrobora la casa", y que nos recuerda que "no pasa nada" y que "el mundo está bien hecho" (J. Guillén). Todo ello perteneciente a nuestro hábitat –otra vez el verbo habitar–, frente a una máquina de coser, un ordenador, una fresadora… Con no poca frecuencia, esta sustitución, que se está convirtiendo en algo casi obligatorio, provoca distintos desastres: la creación de nuevas necesidades, el arrumbamiento de lo que pretende haberse convertido en inservible, la conversión del planeta en basurero.[74] Aquí no cabe hablar de cobijo y protección, los que depara la casa. La carrera de sustituciones nos echa de nuestro hábitat y nos lanza a la intemperie; una intemperie, además, gobernada por algo o alguien que no sabemos qué o quién es.

Muy otra cosa es lo que ocurre con "El Reino de la Tierra" que nuestro autor promete a "los que tienen tiempo". Los amorosos hábitos y las dulces recurrencias de la Naturaleza. Y ello porque el planeta en el que habitamos gira de un modo regular en torno a sí mismo y en torno al sol.

---

[74] Actualmente se habla incluso de "basura espacial". Hace poco un fragmento de un cohete chino mantuvo cerrados durante cuarenta minutos algunos aeropuertos europeos.

II. NOMBRES, RÓTULOS, TÍTULOS Y TÉRMINOS (O LO QUE EL HOMBRE HACE CON LAS PALABRAS)

> Y entonces comprendí qué era la violencia. Este mundo de "formas funcionales", rotulado hasta las últimas cosas y al mismo tiempo carente de toda lengua y voz, no tenía razón.

El "mundo rotulado no tiene razón"; tampoco las "formas funcionales" de este mundo. Vamos a ocuparnos primero del mundo rotulado. En el apéndice III hablaremos de las formas funcionales.

El rótulo es un nombre que se pone a algo que ya lo tiene: SALIDA a una puerta, ZONA VERDE a un prado –los "prados verdes" de la niña de la que hemos hablado en la coda de este ensayo–, COTO DE CAZA a un bosque, etc.

Se rotula algo con una finalidad concreta: para que salgan los que están en el edificio; para que no se edifique en ella y pueda servir de descanso cromático a los que habitan en sus inmediaciones; para que allí no cace nadie que no sea el dueño del bosque o que haya pagado una determinada cuota. En cierto modo cabría decir que el rótulo es producto de un segundo bautismo de lo rotulado. Con el rótulo el hombre decide qué debe ser lo que ya era. El rótulo es de alguna manera una denominación (pretendidamente) obligatoria. (A nadie se le ocurriría decir que la palabra "roble" es una denominación obligatoria para una determinada especie de árboles). El rótulo figura en registros municipales o en ordenamientos de instancias políticas. En su condición de tal, el rótulo es un nombre que adquiere una cierta fijeza. Se resiste a sustituciones sinonímicas o parafrásticas –"puerta por la que hay que salir", "bosque en el que sólo puede cazar el conde NN y los que hayan pagado la cuota que él ha impuesto"– y no admite tampoco metaforizaciones. A determinado ciprés, el del monasterio de Siles, Gerardo Diego, en un conocido soneto, lo llama: "enhiesto surtidor de sombra y sueño", "chorro que a las estrellas casi alcanza", "flecha de fe", "saeta de esperanza", etc. Tal cosa no es posible con el rótulo.

La vigencia temporal del rótulo es limitada. Pende de la organización de las funciones de un edificio, del cambio del partido mayoritario en los gobiernos nacionales o municipales, de la ideología dominante, etc.

Decíamos que el rótulo es una especie de segundo bautismo: con el nombre asignado desaparece de algún modo el nombre que la cosa tenía; "el mundo carente de toda lengua y de voz" del que se habla en *La doctrina del Sainte-Victoire.*

Lo del "bautismo" me lleva de nuevo a la cuestión del "bautista" y a lo que distingue a los nombres de los rótulos. Me comprometo a dar cuenta precisa de los "bautistas" de los rótulos sobre los que se me pregunte, pero en modo alguno puedo decir lo mismo del "bautista" de las cosas de la realidad, aunque esta no apareció etiquetada ante el ser humano, que es quien ha dado nombres a las cosas. De ello se hablará más adelante, pero tal intento de explicación deberá discurrir en un registro completamente distinto de aquel en el que nos estamos moviendo en las presentes consideraciones.

Los rótulos se aplican a las cosas; a todas, según nuestro autor –"hasta las últimas cosas"–, no a las personas. Salvo algunas excepciones: los "sambenitados" del pasado y también en algunos casos de anteayer, como ocurrió con el poeta cubano Herberto Padilla. Estas fueron rotulaciones reales, pero no hay duda de que una cierta "rotulación" del individuo humano es, tristemente, un caso de actualidad.

En lo que sigue, ampliando el sentido del sustantivo castellano, llamaré "título" a las denominaciones que el individuo humano aplica a sus semejantes.[75]

---

[75] Algunas observaciones sobre el modo en que voy a utilizar la palabra "título" en lo que sigue. Un título es un nombre de atribución exógena a alguien que ya lo tiene. Los criterios para tal atribución penden de la voluntad clasificatoria de una colectividad humana, de propiedades, siempre positivas, que el destinatario de tal atribución ha adquirido: "doctor", "profesor", "marqués", "capitán", etc. En ocasiones el significado del título se debilita de tal manera que se usa sin saber lo que se está diciendo. Un signo inequívoco de tal debilitamiento es la abreviatura: Sr. (senior: mayor en edad), Don, D. (dominus: dueño), Dr. (doctor: el que enseña), Prof. (profesor: el que habla delante). En estos últimos casos, la obligatoriedad de mencionar estos títulos, algo que se enseña a los niños, remonta a la obligación de explicitar la relación vertical, desde abajo, entre el hablante y el interpelado. Es un caso paralelo a expresiones obligatorias de la vida militar como "mi capitán", "mi coronel", etc. Pues bien, la ampliación semántica que aplico a esta palabra en las consideraciones de este apéndice es esta: llamo también "título" –no he encontrado otra palabra– a los nombres que expresan propiedades negativas de la persona a la que se atribuye tal título.

El "título" tiene en común con el rótulo el hecho de que es un nombre que se aplica a alguien que ya lo tenía; es un segundo bautismo cuyo origen no es difícil encontrar: un proyecto colectivo de vida, una ideología, etc. Es también, como el rótulo, una denominación que obedece a intereses concretos del ser humano: aquí, no nombrar lo que debe ser aquello que ya era, parcelar la realidad en provecho propio, como ocurría con el rótulo, sino organizar la colectividad humana según ¿valores? que dependen de una determinada manera de concebir la vida colectiva. Tiene también la fijeza del rótulo y el hecho de ser refractario a toda sustitución sinonímica o parafrástica (¡con lo fácil que es decir "homosexual" en vez de hombre al que le gustan los hombres o mujer a la que le gustan las mujeres!).

En una escena de la película *Una giornata particolare* de Ettore Scola, Gabriele (Marcelo Mastroianni), un marginal en la Italia de Mussolini, soltero, homosexual, "inútil, derrotista y con tendencias depravadas" –rotulaciones, títulos del *fascio*–, dirigiéndose a la protagonista, Antonietta (Sofia Loren), con la que ha tenido un encuentro ocasional que a lo largo del filme se convierte en un amor verdadero, le dice que en su álbum –un álbum en el que ella guarda fotos del *duce* y sus generales, de desfiles y paradas militares, así como consignas del fascismo– ha leído: "Un hombre tiene que ser marido, padre y soldado", y que él no es ni marido, ni padre ni soldado.

Los "títulos", como los rótulos, tienen también una vida limitada. De los títulos a los que el protagonista de esta película está obligado, dos de ellos tienen una caducidad temporal. Hoy en día el título de marido está empezando a hacer aguas y a ser sustituido por vocablos como “pareja”, “amigo”. Por desgracia no cabe ser tan optimistas en relación con el título “soldado”. Sin embargo, es perfectamente concebible que tal denominación deje de tener vigencia algún día. De momento, y ello permite abrigar algunas esperanzas, podemos advertir una cierta resistencia a este sustantivo en favor de colectivos como “miembros de las fuerzas armadas”, “unidades de intervención rápida”, “cascos azules”, etc.

En ocasiones un título puede cambiar de valor y entrar en otro sistema de clasificación de los miembros de una colectividad. Es lo que ha ocurrido, por ejemplo, con el título “burgués”, que de un mero término de clasificación –“noble”, “monje”, “soldado”, “burgués” (habitante de un conjunto humano, la ciudad, en torno a un “burgo”)– pasó a ser una denominación con connotaciones negativas, opuesta a “revolucionario”; una contraposición en plena vigencia en los años 70 y 80 del pasado siglo y que hoy en día empieza a ser obsoleta.

Los títulos van a veces marcados por signos como estrellas de seis o de ocho puntas, galones, etc. Tales distinciones –y aquí la palabra no puede ser más adecuada– tienen siempre connotaciones positivas, con excepciones tristes como la estrella amarilla de seis puntas que el nazismo impuso a los judíos. Entre los títulos, lo mismo que ocurría con los rótulos, se puede establecer también una jerarquización: “profesor” > “delincuente”, etc.

Volviendo a Peter Handke, el autor al que me estoy encaminando con estas reflexiones, me parece oportuno detenerme aquí en un “título” señalado por él y que es un testimonio claro de la en ocasiones inaudita crueldad humana. Me refiero a la denominación *hinrichtungsfähig* –algo así como "ejecutable", "ajusticiable"–, que una autoridad austríaca aplicó a un condenado a muerte a quien los ¿médicos? habían curado de una enfermedad que le hacía "incapaz" para tal destino.

Vale la pena reflexionar unos momentos sobre tamaña monstruosidad lingüística. El sustantivo alemán *Hinrichtung*, traducido en los diccionarios como "ejecución", "ajusticiamiento", viene a significar algo así como "acción de llevar a alguien al otro lado", eufemismo ominoso de "asesinato". El adjetivo *fähig* –"capaz", "apto"–, en camino de convertirse en sufijoide, es equiparable al sufijo castellano *-ble*, emparentado con el adjetivo inglés *able*.[76]

Pues bien, no me parece impensable la siguiente situación: en un centro de fisioterapia y recuperación funcional puede haber distintas secciones según sea el estado de discapacidad de los pacientes. Una de las posibles denominaciones, "títulos", del estado en que se encuentran estos podría ser *gehfähig*, "capaz de andar"; una denominación que puede entrar en la jerga especializada de traumatólogos y fisioterapeutas, de obligado conocimiento y uso por parte de dichos sanitarios y por tanto refractaria a sinónimos o paráfrasis, y que puede figurar incluso

---

[76] La palabra que acabo de examinar no es en modo alguno un caso excepcional de la lengua alemana. En nuestra lengua podemos encontrar ejemplos parecidos. Me limito a señalar dos: "criminal de guerra" y "médico militar". El primero olvida que en puridad una guerra es una sucesión de crímenes. ¿No debería preocuparnos el hecho de que en La Haya exista un tribunal especialmente dedicado a juzgar tales "crímenes"? En relación con el segundo título habría que preguntarse a quién debe curar este médico y para qué debe curarlo.

en un sello que se imprima en el historial médico del discapacitado para que pase de una sección a otra de la institución.[77]

Pero por fortuna no siempre lo que el hombre hace con los nombres llega a semejantes extravíos. De los sustantivos hace también "términos". Me refiero aquí a las denominaciones empleadas por la filosofía y las ciencias. En este caso el sustantivo acuñado pertenece a una "terminología", un conjunto léxico presente en tales quehaceres teóricos.

En común con el rótulo y el título, el término tiene distintas propiedades. Ante todo hay que decir que es un nombre asignado, no encontrado, "regalado". Es también, como el rótulo y el título, una palabra de aceptación pretendidamente obligatoria. Como aquellas denominaciones, el término no es susceptible tampoco de sustitución sinonímica o parafrástica.[78] Tiene también, como el rótulo, una vigencia temporal li-

---

[77] El mundo al que remite el título "ejecutable" pretendía ser equiparable a aquel que subyace al título *gehfähig* ("capaz de andar"). Los títulos castellanos que acabo de citar pueden remitirnos también a "mundos" aceptables como "crimen pasional", "crimen con premeditación", "médico de familia" o "medicina preventiva", etc.

[78] He aquí un simpático ejemplo de la génesis, y la explicación, de un término. Una niña del piso vecino viene a pedirle a María que le explique una duda que tiene en relación con unas palabras de la Gramática: no entiende "eso de la oración principal y la oración subordinada". María empieza su explicación así: "la 'oración principal' es la oración principal" (con la entonación María distingue la frase entrecomillada de la que no está marcada por este recurso ortográfico); añade que es la más importante del período, que sin ella no se entendería el papel de la oración subordinada, etc. A partir de este momento la niña está obligada a hablar de "la oración principal", porque así es como llama todo el mundo a esta oración; de otra forma no habría manera de entenderse.

mitada, si bien los motivos de tal caducidad son muy distintos de los de la caducidad del rótulo y el título. Lo que distingue al término del título y el rótulo es ante todo la finalidad de aquel frente a la finalidad de estos: no sirve para organizar la realidad con fines interesados ni para clasificar la comunidad humana según criterios que se consideran valores. A pesar de que –en un segundo momento y como consecuencia del resultado de la teoría, en la ciencia– el término está destinado a aprovecharse de la realidad, tal aprovechamiento no se da en función de lo que queremos que esta sea, sino de lo que esta es. La terminología a la que pertenece el término es el trasunto verbal de un sistema explicativo de las cosas, un esbozo mental destinado a conocer, o a articular, la realidad observada (teoretizada). La vigencia temporal del término pende de las peculiares características del "bautista". Los rótulos, veíamos, cambian con las evoluciones, o revoluciones, políticas. Los títulos cambian con las nuevas concepciones y clasificaciones de la colectividad humana. Los términos cambian con el progreso del conocimiento, revoluciones científicas, "cambios de paradigma", etc. En cada uno de esos estadios nace una nueva terminología.[79]

[79] He aquí algunos ejemplos. El término "fuerza de atracción" de la física newtoniana queda sustituido por el término "curvatura del espacio-tiempo" en la teoría de la relatividad. El término "complemento directo" de la sintaxis tradicional queda sustituido por el término "implemento" (Alarcos Llorach) en la sintaxis estructural. El término "adjetivo determinativo" ("alguno", "todo") de la gramática tradicional queda sustituido por el término "cuantificador" de la lógica matemática.

¿Y el nombre, el nombre encontrado, "regalado", que no es ni rótulo ni término ni título? Hasta ahora hemos hablado de "segundos bautistas": ayuntamientos, ministerios, la UNESCO; también ideólogos, gurús, "comandantes", "salvadores", "grandes timoneles"... ¿Y qué hay del "primer bautismo"? ¿Quién es el autor de los "nombres encontrados"? Con lo cual hemos llegado a una cuestión tan espinosa como fascinante: el origen del lenguaje humano.

El tema viene de lejos y tiene una dilatada historia sobre la que no procede aquí dar cuenta cumplida y de la que me limitaré a señalar unos pocos hitos.

Platón trata esta cuestión en el diálogo *Crátilo*. ¿De dónde procede el lenguaje humano?, ¿cuál es la relación entre el lenguaje y la realidad, el lenguaje y el hombre? Crátilo cree que las cosas no se conocen si no es a través del nombre, que alguien tiene que haber puesto nombre a las cosas. Hermógenes piensa que el nombre de las cosas es el resultado de un pacto entre los hablantes. El Génesis (2: 18-20) nos presenta a Dios viendo cómo Adán va dando nombre a "todos los animales salvajes y a todas las aves del cielo". El Evangelio de Juan empieza con la respuesta a la pregunta que acabo de formular: "En el principio fue el Verbo, y el Verbo estaba junto a Dios, y el Verbo era Dios. Todo se hizo por medio del Verbo y sin él no se hizo nada de cuanto está hecho". Generalizando mucho, se puede decir que de esta respuesta ha vivido la filosofía escolástica en la Edad Media.

A estas concepciones sobre el origen del lenguaje subyace una visión equivocada de este fenómeno: la presuposición de que primero existió el hombre y de que luego le llegó a este el lenguaje, como algo independiente de él, cuando en realidad el lenguaje es algo inherente al hombre y este no se explica sin él. El joven Nietzsche, en el curso "Sobre el origen del lenguaje" (1869-1870), equipara la relación del hombre con el lenguaje a la que existe entre el animal y el instinto. Del mismo modo que no se explica la hormiga sin el instinto de cavar hoyos para refugiarse, tampoco se explica el hombre sin el lenguaje.

De todas maneras, como he dicho ya, de algo no hay duda: previamente al hombre, la realidad no se encuentra parcelada, y tales parcelas, con su nombre, son obra del ser humano. Algo parece estar claro: lo que llevó al hombre a dar nombre a las cosas no fue una voluntad denominativa –"a esto lo llamaremos así, a aquello asá..."– sino una reacción ante ellas, imitativa, emocional, etc.

¿Qué tiene que ver todo esto con Peter Handke? Tiene que ver mucho. Vamos a verlo enseguida. Para empezar, y para darnos cuenta de hasta dónde llega el rechazo, casi visceral, que este autor tiene frente a los títulos, basta con leer la nota final del artículo "Estupidez e infinitud" que figura en el conjunto de artículos reunidos por el editor y titulado con una frase de Handke: *Soy un habitante de la torre de marfil* (1969). La nota se titula "Función de noche"; en ella el autor cuenta que en Berlín, en el cine Lupe del Kurfürstendamm, fue a ver *Sacramento (Ride the high country)* de Peckinpah, una película "infinitamente bella, tranquila y triste", y que la experiencia fue prácticamente imposible debido a los gritos, aullidos y alaridos de los que habían acudido allí y que, casi de un modo automático, "como las focas a las palabras-estímulo del domador"–, reaccionaban a lo que (no) VEÍAN –las letras capitales son de Handke–. He aquí el final de la nota, casi una declaración de principios:

> Mi deseo: que junten la mierda de la izquierda, la mierda de la derecha y que añadan la mierda liberal y tiren una bomba sobre todos ellos.[80]

A la obra entera de este escritor cabe verla desde esta perspectiva: el rescate de la palabra, del nombre "regalado"; el esfuerzo por mostrar cómo tiene lugar tal "regalo". Esta aspiración nos puede llevar a la recuperación de la realidad, y todo ello tiene que ver con la narración tal como la define, y proclama, este autor. Esto implica también un rechazo a los rótulos, los títulos y los términos. Examinando algunas obras de Handke, voy a ocuparme de ello a continuación. Pero antes me dejaré guiar por dos poemas, uno de Juan Ramón Jiménez y otro de Vladimir Holan.[81] He aquí el primero; se titula "Cielo", pertenece al libro *Diario de poeta y mar* y dice así:

---

[80] Todavía hoy, más de cincuenta años después, Handke se ufana de estas líneas y se regocija cuando se le habla de esta "Función de noche". Con no poca frecuencia, el título atribuido a alguien está en estrecha relación con sus opiniones. He aquí un apunte de *De noche...*, que figura entre los lemas del presente ensayo: "¡Opiniones, opiniones y más opiniones! A la porra con vuestras opiniones, así aprenderéis a narrar" (p. 148). En el *Ensayo sobre el día logrado* leemos: "En el día logrado no habrá ninguna costumbre, desaparecerá toda opinión" (p. 66).

[81] Debo el emparejamiento de estos dos poemas a la amable sugerencia de la Dra. Narcisa Lladó.

Te tenía olvidado,
cielo, y no eras
más que un vago existir de luz,
visto –sin nombre–
por mis cansados ojos indolentes.
Y aparecías, entre las palabras
perezosas y desesperanzadas del viajero,
como en breves lagunas repetidas
de un paisaje de agua visto en sueños.
Hoy te he mirado lentamente
y te has ido elevando hasta tu nombre.

He aquí, en traducción de Clara Janés, el poema "En la profundidad de la noche" de Vladimir Holan. Pertenece al libro *Dolor* y dice así:

"¿Cómo no ser?", te preguntas, y hasta acabas por decir en voz alta:
Pero el árbol y la piedra callan,
aunque ambos son hijos de la palabra y por tanto mudos,
ya que la palabra se asusta al ver lo que ha sido de ella…
Pero *los nombres* aún los tienen: pino,
arce, álamo temblón… Y los nombres: feldespato,
basalto, fonolita, amor… Bellos nombres,
sólo que asustados al ver en qué se han convertido.

Vamos a empezar con el segundo poema. En él se insiste en el silencio de las cosas: "el árbol y la piedra callan", y ello debido a la degradación de que han sido objeto las palabras que las denominaban; palabras, no obstante, que nos abrieron a aquellas cosas: "aunque ambos son hijos de la palabra". Lo primero lo hemos constatado antes cuando examinábamos lo que el hombre ha hecho con los nombres, del rótulo CAMPOSANTO a los rótulos CAMPO DE TIRO y CAMPO DE CONCENTRACIÓN, por ejemplo. Del título "profesor" al título "ejecutable". Con los términos no cabe hablar de tal degradación porque el término ha salido del afán del ser humano por saber lo que es la realidad.

En su poema, Vladimir Holan se limita a señalar la filiación verbal de la cosa. Nos dice que esta calla, una antropomorfización con la que el poeta tal vez nos quiere mostrar la momentaneidad y la efimeridad del efecto iluminador del nombre y la tendencia de este a convertirse en etiqueta, o peor, en rótulo o título.

Centremos ahora nuestra atención en el poema de Juan Ramón Jiménez, que viene a ser algo así como el reverso del poema de Holan. Una obviedad ya mencionada: la realidad apareció en y por la palabra. Sin embargo, saliendo de la poesía (Novalis) y convertida en etiqueta, la realidad siguió apareciendo en el lenguaje: "aparecías entre las palabras [...] del viajero" –¡no del poeta! –. Este, con sus "cansados ojos indolentes" veía el cielo como "un vago existir de luz [...] sin nombre". Pero la palabra quedaba en la guarda del poeta y cuando, ya no "perezoso y desesperanzado", él ha mirado "lentamente" el cielo, este "se ha ido elevando hacia su nombre."

Hace años que Peter Handke ha dejado atrás su etapa literaria, casi experimental, en la que en sus obras, "juegos de lenguaje" y breves piezas teatrales, intentaba dinamitar el mundo de percepciones y modos de vida propiciado por el lenguaje que había llevado a Europa a las catástrofes de mediados del siglo pasado: *Insultos al público* (1966), *Bienvenido al Consejo de Administración* (1966), *Kaspar* (1967), *La cabalgada sobre el lago de Constanza* (1970), etc. El autor que en los últimos años 60 ofrecía estas obras provocativas, ahora, casi alérgico al humor y todavía más al sarcasmo, ofrece una propuesta de recuperación de lo olvidado, de un posible paraíso en la tierra (quitándole a esta última formulación todo énfasis y todo mesianismo); una actividad literaria que estaría en la línea de la divisa de Ludwig Feuerbach: "convertir al candidato al más allá en aprendiz del más acá".[82]

Hemos dicho que a la obra de Handke cabe verla como un camino hacia el rescate de la palabra, y con ella hacia el rescate de la realidad olvidada; un rescate que, más allá de rótulos, títulos y términos, nos lleve a la palabra que ha surgido del "primer bautismo"; a lo que *era,* y sigue *siendo,* la realidad.

En el discurso final de Nova, en *Por los pueblos*, leemos:

---

[82] En *De noche...* leemos: "Inútil ir arañando la puerta de los cielos: esto es lo que yo pensaba de la vida cuando era joven y carecía de esperanza. Y luego esto no ha sido así en absoluto –gracias a los otros–, al 'Divino Otro', como me he atrevido a escribir en *Lento regreso*" (p. 312). "Bienaventurados los que tienen tiempo, pues de ellos será el Reino de la Tierra" (p. 116).

En este contexto puede ser interesante leer estos artículos del libro colectivo *Peter Handke* (Eds. G. Fuchs y G. Melzer, Verlag Droschl, Graz-Wien, 1993): "Das erschriebene Paradies" ("El paraíso conseguido con la escritura"), de G. Melzer, y "Die Sehnsucht nach einer heilen Welt" ("El anhelo de un mundo salvado") de G. Fuchs.

El azul del cielo es, el marrón de la funda de la pistola no es.

En *La doctrina del Sainte-Victoire* leemos:

La estrella de latón del jersey de la niña, ¿no es una cosa acreditada?

Desde esta perspectiva hay que ver también su concepción de la actividad de narrar.

Me propongo ahora meditar sobre este rescate, de la mano de algunas obras de Handke. En las reflexiones que siguen me propongo también dejarme guiar por las asociaciones que han suscitado en mí los poemas que hemos leído en páginas anteriores.

Vamos a empezar por *La repetición* (1986). Ya hemos visto lo que, según su etimología, significa el sustantivo "repetición": la acción de ir a buscar por segunda vez lo que tuvimos ya antes. Y esto es lo que ha querido hacer el yo-narrador de esta novela: repetir literariamente la historia de su hermano –en realidad es el hermano menor de la madre, de quien Handke oyó contar esta historia–, estudiante de horticultura en la escuela de Maribor, que trabajó en este oficio hasta que fue reclutado por el régimen nazi y murió con 30 años en el frente del Este. El yo-narrador recorre los paisajes en los que tuvo lugar esta vida y este trabajo, acompañado por dos libros, un diccionario de horticultura y un volumen en el que el protagonista ausente de la novela había recogido todas las experiencias de su labor con los árboles.[83]

---

[83] Ignoro si el mencionado diccionario es algo real o pertenece a lo fingido en el relato. Por lo que hace al libro ensamblado por el horticultor, sabemos que existe y que

Lo que para Holan "ha sido de la palabra" y para Juan Ramón Jiménez "las palabras perezosas y desesperanzadas de viajero", para Peter Handke son "los nombres habituales" que hacen que algo "no parezca ser objeto",[84] o "la cháchara dirigida hacia ti y tu propia cháchara" que se interpone entre "el muro del pecho" y "lo verde y las hojas que se mueven",[85] o "el griterío de las marcas del norte o del oeste", en vez de "la palabra correspondiente a leche en la lechería" y "en la panadería, simplemente la palabra pan".[86] Lo que en Holan es la palabra de la que nace la cosa (esta calla al ver lo que ha sido de aquella) y para Juan Ramón Jiménez es la palabra, guardada por el poeta, de la que la cosa –aquí el cielo– se hace digna, en Peter Handke es el río re-bautizado por Sorger –un geólogo que ha rechazado los términos de su especialidad porque los ha visto como "esquematizaciones y supresiones"– al exclamar "¡Hermosa agua!",[87] o para nuestro autor "el camino transversal" del monte Sainte-Victoire que "a la luz del crepúsculo" se convierte en algo que pertenece al contemplador y "se hace nombrable",[88] o lo que, "en los momentos de una paz absoluta", se puede decir con palabras:

---

se encuentra, casi pegado al techo, en el escritorio de Handke de su casa en Chaville. El lector interesado puede incluso ver una foto en la página 314 de *Meister der Dämmerung [Maestro del crepúsculo] Peter Handke. Eine Biographie,* de Malte Herwig (DVA, Múnich, 2011).

[84] *Die Lehre der Sainte-Victoire,* p. 50.

[85] *Phantasien der Wiederholung,* p. 37.

[86] *Die Wiederholung,* p. 128.

[87] *Langsame Heimkehr,* p. 74.

[88] *Die Lehre der Sainte-Victoire,* p. 75.

"noche", "ventana", "gato",[89] o que, "al verse con claridad", provoca la frase: "¡sí, esta es la palabra!" y no: "¡sí, es esto!".[90]

Hacia el final de la segunda parte de *La repetición* encontramos una descripción detallada del mundo en el que se encontraba el protagonista ausente de esta novela: un pueblo

> atemporal, extrahistórico [...] que vivía en un constante presente regulado sólo por las estaciones del año, en un más acá que obedecía a las leyes del tiempo atmosférico, la cosecha y las enfermedades del ganado, y al mismo tiempo más allá de toda historia escrita.[91]

En estas líneas comparece uno de los motivos recurrentes en la obra de nuestro autor, lo que él mismo, en el *Ensayo sobre el día logrado*, ha llamado "el glorioso olvido de la historia".[92]

En la serie de conversaciones entre Peter Hamm y Peter Handke recogidas en el libro *Vivan las ilusiones*, encontramos afirmaciones tan sorprendentes como las siguientes:

> ¿Cómo es posible que los alemanes, si es que estoy viendo esto correctamente, hayan elevado la historia a una categoría filosófica? ¿Cómo es posible que Hegel haya pensado que la historia es, por decirlo así, el lugar, o el movimiento de la razón? ¿Y que la historia haya que pensarla como un movimiento hacia la

---

[89] *Langsame Heimkehr*, p. 39.
[90] *Die Wiederholung*, p. 198.
[91] *Die Wiederholung*, p. 193.
[92] *Versuch* über *den geglückten Tag*, p. 77.

claridad? Esto es uno de los desvaríos más importantes del ser alemán, ver la historia como un objeto filosófico. En la historia no hay nada que ver. La historia es el gran gris, la gran marranada, y no es en ningún caso un objeto filosófico.[93]

Peter Hamm, en el apéndice del libro citado, explica los viajes de Handke a Serbia durante la guerra de los Balcanes como un intento de llegar a la historia que está detrás de la historia, una afirmación que Handke ha corroborado en uno de los diálogos reproducidos:

> Me siento a gusto aquí en medio del pueblo contra el que se está haciendo esta guerra sin compasión desde 5000 metros, con la más repugnante de las cobardías. Me siento aquí más en paz que nunca me sentí en Paris o en Frankfurt o en Nueva York.

Unas páginas antes, Handke ha concretado lo que lo llevó a emprender estos viajes:

> ¿Cómo se mueve la gente por la calle? ¿Cómo pasan las últimas horas de la tarde? ¿Cómo cultivan sus campos? ¿Cómo es su país? [...] Me imagino que yo fui uno de los poquísimos que simplemente se propuso contar: sobre la gente, sobre la mañana, sobre cómo la veía yo en este país proscrito.

---

[93] *Vivan las ilusiones* (Pre-Textos, Valencia, 2011, trad. de E. Barjau), p. 6.

Viviendo con los serbios, conviviendo su día a día, los ¿pequeños? acontecimientos de su cotidianidad, sucesos que no van a pasar a la historia... pero sí a la narración.

Para el yo-narrador de *La repetición* el pueblo en el que vivía y trabajaba el protagonista de esta novela era un pueblo que tenía palabras para "el espacio que hay debajo del alféizar", "el brillo que deja en la piedra del camino la rueda frenada de los carros", "los lugares donde refugiarse, donde esconderse, donde sobrevivir". Que incluso en las comparaciones se refería al mundo en el que vivía: "usa la lengua como las vacas el rabo", "es lento como una niebla sin viento". Un pueblo, en cambio, que "para lo que tiene que ver con la guerra, la autoridad y los cortejos triunfales sólo tiene préstamos de otras lenguas". Palabras desde y a través de las cuales el yo narrador contempla lo que está viendo a través de la ventana de su escritorio:

> la mano doblada de la muchacha que está sentada junto al agua, la curvatura del árbol del horizonte, la cabeza del muchacho que está en el triángulo que forman los dos caminos, vuelta hacia la muchacha
>
> imágenes con las que nunca en la vida me había encontrado y que al mismo tiempo sólo podían ser de casa, nuestras.

No sólo visiones, también sonidos que hasta entonces no había oído:

> Antes yo nunca había oído la voz de la abeja reina; ahora, gracias a este verbo onomatopéyico, esta voz salía del panal de la casa de mi padre y sonaba en lo más íntimo del lector, seguido del murmullo "como de compota hirviendo", de todo un enjambre casero y familiar.

Todo lo cual le lleva al yo-narrador a pensar en el profesor que tuvo de niño y que escribía "narraciones-de-una-sola-cosa", un personaje del recuerdo con el que termina la novela, antes del himno a la narración que ocupa la última página. Un profesor que en su vejez, cada vez más sensible a la invasión de letreros y anuncios, "encontraba su refugio en los números, como si fueran su patria". Ahora ya no cuenta (narra), sólo cuenta (uno, dos, tres...).[94]

[94] La bisemia del verbo castellano "contar" ("expresar una secuencia numérica" y "narrar") se refleja en alemán en la pareja de verbos *zählen* y *erzälen*. Me permito reproducir literalmente la explicación de este parentesco léxico que, muy amablemente, me ha proporcionado el Dr. Javier Díaz Alonso: "El prefijo *er-* está siempre asociado a la idea de 'hacer salir, sacar, obtener como resultado'. Mi suposición es que en *erzählen* se podría decir que se combina la idea de *zählen* (expresar de forma secuencial) con la idea de *er-* (sacar, obtener un resultado), de tal manera que, en un sentido ya muy abstracto, podríamos decir que en alemán *erzählen* significa sacar o lograr sacar de uno la expresión de hechos o acontecimientos que se expresan de forma secuencial para lograr el efecto narrativo".

III. LA CURVA Y LA NARRACIÓN

este mundo de "formas funcionales" (...) no tenía razón.

Se dice que Eduardo Torroja (1899-1961), ingeniero y matemático, daba sus clases de geometría así: con los ojos cerrados, tapándose la cara con la mano, iba dictando a los alumnos las figuras geométricas sobre las que hablaría después. Los alumnos dibujaban en sus cuadernos tales figuras. Uno de ellos dibujaba la figura en la pizarra. Es imaginable que lo que "dictaba" este profesor eran sólo segmentos de líneas rectas, no curvas. Con dichos segmentos, señalando las relaciones que establecían unos con otros, iba diciendo cómo había que construir la figura que sería objeto de estudio. Pues bien, ¿cómo se las arreglaría Torroja si tal figura debía contener líneas curvas? ¿Cómo, con sólo palabras, se puede ordenar el dibujo de una curva? Algunas sí podrían ser objeto de tal "dictado". Se me ocurren estas: la circunferencia –"el lugar geométrico de los puntos que equidistan de otro, el centro"–; los arcos de esta, de tantos y tantos grados; la elipse, la parábola... y pocas curvas más. Es decir, aquellas cuyo trazado se rige por unas reglas conocidas por el profesor y sus alumnos. ¿Qué pasaría con el "dictado" de una curva como la que se ve en la paleta del autorretrato de William Hogarth, una línea que alguien, no sé si el mismo pintor, ha calificado como "the line of beauty and grace"?[95] Ha quedado interrumpido el dictado del profesor: ¡hurra!, una realidad para la que no hay palabra.

Si se me pregunta por la razón de tanta alegría, contestaré –alineándome con el pensamiento de Peter Handke– que con mucha frecuencia la palabra, que debe ser la ventana abierta a la cosa que ella designa, se convierte en la pantalla que la oculta.[96] Y más: que en esta última situación la palabra puede andar en boca de sus usuarios con la pretensión de "representar" la cosa, cuando lo que hace en realidad es sustituirla, suplantarla, y además sin que los que que emplean esta palabra sean conscientes de ello. Más todavía: algunas palabras se ponen de moda, "lucen" en las conversaciones, sin que los que las emplean sepan exactamente lo que están diciendo. Un par de ejemplos: "populismo", "inteligencia emocional".[97]

---

[95] Una solución se me ocurre: toda curva puede ser representada por medio de una ecuación. El profesor, en su casa, podría haber representado la curva por medio de ese recurso matemático; luego, en el aula, podría habérsela dictado a los alumnos, los cuales, en su casa, podrían haber dibujado la curva correspondiente a dicha ecuación. Pero ustedes me dirán…

En relación con la anécdota con la que comienzo este apéndice, he de decir que ignoro si tal circunstancia se producía. La he oído contar. Me permito dar crédito a este relato porque me ayuda a ejemplificar las consideraciones que van a seguir. Quede todo ello como recuerdo de un profesor querido y admirado.

[96] He aquí cómo Juan Ramón Jiménez clama bellamente por la citada ventana: "Inteligencia, dame / el nombre exacto de las cosas. / Que mi palabra sea / la cosa misma / creada por mi alma nuevamente" (*Eternidades*).

[97] Se dice de Unamuno que, yendo de excursión con sus alumnos, se acercó a uno de ellos con una planta y le preguntó: "¿Sabe usted qué es esto?". Ante la respuesta negativa del alumno, el maestro contestó: "Es el mirto que usted canta en sus poemas".

La alegría provocada por este acontecimiento se debe también a que lo innombrable está por encima de lo nombrable, porque, al no tener nombre, se libra de la posibilidad de que este "nombre común", al referirse, gracias a esta "comunidad", a "las cosas de la misma especie", como hemos aprendido en la escuela, se convierta en etiqueta de aquel conjunto.

Ya hemos visto en las páginas que preceden cómo Sorger busca en "El Gran Norte" las formas que no tienen nombre... y que esperan el "primer bautismo".

Hemos visto también (apéndice II) cómo en *La doctrina del Sainte-Victoire* Peter Handke abomina no sólo de los rótulos sino también de "las formas funcionales". Seguimos con las curvas. Ahora leyendo el *Ensayo sobre el día logrado.*

Tal "ensayo" –en lo que sigue se explicarán las comillas con las que escribo esta palabra– empieza mencionando tres curvas: la que se ve en la paleta del autorretrato de Hogarth, la que está en un canto rodado que Handke encontró junto al lago de Constanza y la que describen las vías del tren de cercanías París-Chaville, el pueblo donde vive ahora nuestro autor.

Pero, siguiendo con el motivo de la curva, de esta última curva ahora, en la segunda página de este "ensayo", nos dice Handke que "la idea, ya casi descartada, del *día logrado*" le ha venido de que "en la hora del comienzo de la tarde en que [...] ya nada es natural", lo único que le ayuda a salir de la angustia del día

> es el anochecer, *aquella repentina deriva de los raíles, en un amplio arco, extraño, asombroso,* por encima de la ciudad (París),

> la cual, de un modo súbito, se desparrama libremente en la depresión por la que pasa el río, junto con los signos distintivos de ella, que allí, a la altura más o menos de St. Cloud y Suresnes, tan arrebatados a la lejanía como reales, se amontonan unos sobre otros. [Las cursivas no pertenecen al texto].

A continuación, el autor vuelve a la curva que se dibuja en la paleta del autorretrato de Hogarth, que

> parece abrirse camino de un modo certero a través de las masas informes de colores, como grabada entre estas y al mismo tiempo como si proyectara una sombra.[98]

Una sorpresa tras otra como comienzo del "ensayo". Una constatación del lector de este libro: en sus escasas ochenta páginas, el motivo de la curva sale diecinueve veces, con la repetida mención de la curva que describen las vías del tren París-Chaville y la que se ve en la paleta de Hogarth.

Inevitablemente se impone esta pregunta: ¿qué tiene que ver la curva con "el día logrado"?

Antes de contestar, y preparando la respuesta, algunas constataciones más: en este libro el "día logrado" se relaciona repetidas veces con "la idea" de tal día[99] –¡no con "el concepto"!, insiste Handke–. También: el motivo de la curva está relacionado con el de "dejar":

---

[98] Véase figura adjunta.

[99] *Op. cit.*, pp. 13, 14, 16, 24, 25, 26, 27, 40, 57, 58, 65, 93.

> me habré dejado simplemente iluminar por el sol, tocar por el soplo del viento, llover por la lluvia; mi verbo habrá sido "dejarse otorgar"
>
> como si la total ausencia de intención, literalmente, [fuera] algo decisivo para el cumplimiento de este día.

Y por último, y ello es lo que justifica el presente apéndice, lo más sorprendente de este "ensayo": entreveradas en las reflexiones erráticas del autor sobre lo que es y lo que no es este día, si se puede o no se puede definir, sin aparente contexto que las justifique, encontramos docenas, literalmente docenas, de micronarraciones. He aquí algunas:

> Una madre le dio algo del dinero que tenía para que se comprara una correa nueva para el reloj.
>
> El ala con la que, muy lejos, en la avenida, el mirlo rozó el seto al volar, le rozó también a él.
>
> Del perro invisible que ladraba, por entre los huecos del seto salían bocanadas de nubes de aliento.
>
> La vieja de la casa vecina volvía a cerrar la ventana de la buhardilla para el resto del día.
>
> En un pueblo vecino, una niña china de cabello negro, con su cartera multicolor a la espalda, no se cansaba de acariciar a través del seto el perro de Alaska, de ojos azul claro.

> Un niño que escribe por primera vez su nombre.
>
> Y la hoja que al caer se movía dando sacudidas en una cuerda invisible, y que parecía que volvía a subir hacia el sol, ¡resultó ser un cometa de colores brillantes!

Más adelante volverán a salir más micronarraciones.

Son pasajes de este "ensayo" que, por su brevedad, se me asocian de un modo casi automático con las narraciones del profesor del yo narrador de *La repetición:*

> Narraciones que no tenían nunca una historia, sino que eran meras descripciones de objetos y trataban siempre de una sola cosa, aislada, una cosa, sin embargo, con la que uno tenía que estar familiarizado por los cuentos populares en los que aparecía como parte del entorno o como escenario de la acción.

Un profesor que aparece de nuevo en las últimas páginas de esta novela, ya jubilado, que

> ha plantado un jardín en las afueras de la ciudad, con una cabaña en la que a veces pasa incluso la noche.

Ya lo hemos visto. Ahora ya no cuenta (narra), ahora sólo cuenta (uno, dos, tres...); es el modo en que se relaciona con su anciana madre. Unas páginas insólitas que preceden a la coda final de la novela, una página sorprendente que es una loa a la narración, a la narración de la que se ha hablado en este libro, un relato que debe terminar siempre así: "Y…", la última palabra de esta novela.

¿Qué es lo que habrá llevado a Handke a salpicar su *Ensayo sobre el día logrado* de narraciones sin historia, narraciones "de una sola cosa"? ¿Por qué el autor nos habla de "una niña mongol, con una mochila, que, arrebatada en éxtasis, cruza el paso de cebra"; de que "de los dos hombres que estaban limpiando la cabina telefónica, el de fuera era un blanco y el de dentro un negro"; de que "en la calle, como cada mañana, silbaba el cartero"; de que, viendo a través de dos casas el asiento vacío de un tren, con una raja en el cuero, cosida, "se sintió cogido por la mano que había tensado el hilo"; del "jubilado, a quien la cadena del reloj de abuelo describía una línea sinuosa que iba del vientre al bolsillo del pantalón"; de que "en la calle, la joven cartera empujaba su bicicleta, con la bolsa amarilla"; de "una joven copiando el ala ondulada de un sombrero de paja"; del "hombre, con el cochecito de niño, que atravesaba el gran montón de hojas haciendo curvas"; del "funcionario zurdo de la ventanilla, que, sumido en su libro [le] hizo esperar una vez más para dar[le] el billete",[100] etc.?

Me atrevo a calificar el *Ensayo sobre el día logrado* como la apoteosis de la "disolución de los conceptos" propugnada por Handke en su discurso de 1973. No es ningún "ensayo". De este tipo de escrito se espera que el autor le explique al lector lo que es el objeto de tal ensayo. Aquí esto no es posible. Para

---

[100] *Op. cit.*, pp. 29, 38, 44, 54, 60, 63, 69, 79, 73

nuestro autor no hay "concepto" de tal día. El concepto se explicita en la definición, y tampoco es una "idea". La idea –"belleza", "felicidad", "libertad"– es una entidad mental refractaria a la definición, pero que todo el mundo entiende; es algo susceptible del "más" y del "menos" –"más feliz", "menos feliz"–, lo que no es el caso en el concepto –"más triángulo", "menos triángulo"–.[101]

Lo que hemos visto y sobre aquello de lo que hemos hablado ya repetidamente a lo largo del presente libro: lo inesperado, lo encontrado sin haberlo buscado –toda búsqueda implica una cierta prefiguración de aquello que se busca–; lo que nos "choca", no lo que "se nos ocurre", lo pasado por alto, lo generalmente inadvertido; lo que se encuentra en "los espacios intermedios".[102]

Como el libro no es un ensayo, ni puede serlo, el lector se queda sin saber lo que es "el día logrado". Aquí hay que entender la palabra "ensayo" en su sentido primitivo: un intento –¿fallido?– de escribir sobre este día; o también, de vivir este día escribiendo sobre él. Como le ocurría al profesor Torroja, que no podía "dictar" las curvas de la figura geométrica sobre la que iba a hablar, Handke no puede decirnos lo que es "el día logrado". ¿La repetida mención de las tres curvas podría corresponder a los momentos en los que el citado profesor tenía que dejar de hablar y se levantaba de su cátedra y dibujaba las

---

[101] La raigambre kantiana de estas distinciones está muy clara.

[102] *Pero yo vivo sólo en los intersticios* (Ed. Gedisa, Barcelona, 2021, trad. de María A. Gregor). Es un diálogo entre Peter Handke y Herbert Gamper.

curvas en la pizarra? La curva es equiparable a la narración abierta, refractaria también a todo concepto.

Las últimas páginas de este libro siguen sorprendiendo al lector. En este caso en forma de diálogo con un interlocutor que aparece de repente en el libro. ¿Un concepto? No, ya lo hemos visto. ¿Una idea? Tampoco. ¿Entonces? Un sueño, pero un sueño que se ha tenido durante el día, en estado de vigilia; un "sueño de un día de invierno" –¡no "de una noche de verano"!–; así es como reza el subtítulo del libro.

Más micronarraciones: la de la goma de borrar, que se ha vuelto pequeña y negra; la de las virutas que han quedado de sacarle punta al lápiz y –¡sorpresa!– la del final de la segunda carta de Pablo a Timoteo: que le traiga la capa que dejó olvidada en Tróade, en casa de Carpos, ya que se acerca el invierno y teme al frío... (¡La de veces que se habrán citado las doctrinas del apóstol desde púlpitos encumbrados, en sentido literal, por prestes encumbrados, en sentido figurado!).

Dos exhortaciones y una pregunta:

> ¡Hacia una tercera cosa, algo inasible, pero algo sin lo que los dos estamos perdidos!, ¡Venga, a la transformación!
> ¿Al siguiente sueño?

Ahora las preguntas se las plantea el lector del *Ensayo sobre el día logrado:* ¿es una transformación parecida a aquella con la que el autor, para "salir de la angostura", cuando "las luces frescas de algunas salidas mañaneras están agotadas" y "ya nada es natural", ha querido emprender un viaje inspirado por la curva que describen los raíles del tren que le llevan de París a Chaville? ¿Una transformación que debería seguir con otro, el siguiente, sueño?

5/7/2019

¡Querido Eustaquio!

no tengo email!...
Ich versuche, die Kurve der Bahn Suresnes —
St Cloud — Ville d'Avray (Corot!) — Chaville
Rive Droite aus dem leiblichen Gedächtnis Dir
zu zeichnen:

Puteaux
Suresnes
Val d'Or
St. Cloud
Ville d'Avray
Chaville Rive Droite
Versailles

Die Linie/Kurve/auf dem Stein vom
Bodensee denk Dir entsprechend
Vielleicht komponierst Du die Linie
und verwandelst sie in Musik.

Manchmal wäre es schön und
gut, einander gegenüber (zu) sein,
vis-à-vis

Dein Peter im Zauberschatten
des Gartens

Esta primera edición de
PETER HANDKE: LA NARRACIÓN
COMO EPOPEYA DE L A PAZ
de Eustaquio Barjau,
se terminó de imprimir
el día 15 de julio de 2025